LE SAINT DÉNICHÉ,

OU

LA BANQUEROUTE

DES MARCHANDS

DE MIRACLES.

COMEDIE.

A CRACOVIE,

Chez Jean le Sincere, Imprimeur Perpetuel.

M. DCC. XXXII.

A
L'AUTEUR
DE LA
FEMME DOCTEUR.

M.

Qᵁᴵ que vous ſoyez (car je n'ai
pas l'honneur de vous connoître) permettez - moi de vous
adreſſer cette Comedie, comme un
ouvrage qui vous a l'obligation de
voir le jour. Sans vous qui auroit jamais oſé faire un ſujet de Comedie
d'une matiere auſſi grave que les erreurs qui depuis tant d'années affli-
gent l'Egliſe de France ; & pour-
roit-on ſe promettre quelque ſuccès
d'une pareille entrepriſe, ſi on n'a-
voit vû tout le Royaume & les Pays
étrangers applaudir à la Femme Do-

cteur ? Plus de vingt-cinq éditions,
qu'on en a faites dans l'espace d'un
an, malgré le mécontentement du
Parti & la mauvaise humeur du
Gazetier sont le plus sûr éloge qu'on
en puisse faire, & semblent lui as-
sûrer une longue durée. Que je serois heureux, si je pouvois me flat-
ter d'un succès à peu près égal ! ne
croyez pourtant pas que mon des-
sein soit de vous dérober une partie de votre gloire. Le seul fruit que
je souhaite de partager avec vous,
c'est la consolation de désabuser un
nombre de personnes, des préjugez
pitoyables qui les attachent à la cabale Janseniste.

Je ne comprens pas dans ce nombre ces hommes sans religion qui se
disent Jansenistes pour faire croire
qu'ils sont quelque chose; ni ces fas-
tueux politiques qui ne sont Jansenistes que parce qu'ils sont Republi-
cains; ni ces femmes beaux-esprits,
qui ne raisonnent sur la Religion que
parce qu'elles n'y entendent rien; ni
ces beautés surannées qui sur le dé-

clin de l'âge se font dévotes par né-
cessité & Jansénistes par chagrin ; ni
enfin ces hommes inquiets & naturellement fanatiques qui n'embras-
sent la secte que parce qu'elle heur-
te de front la raison, l'autorité & les
loix. Il est pourtant vrai que ce sont
ces gens là qui font le gros du Parti, mais que faire à des esprits de
ce caractere ? Ils sont incurables. La
seule vûe des remedes qu'on leur pre-
sente les irrite ; il faut les abandonner à leur mauvais sort ; il faut gé-
mir sur leur aveuglement, plaindre
leur ignorance, prier pour leur conversion.

Mais on sçait qu'il y a un grand
nombre de Jansénistes de bonne foi,
& d'ailleurs très - vertueux, qui ne
font attachés à ce Parti que parce
qu'on leur déguise avec art les erreurs monstreuses qui en font les
principaux dogmes ; & qui seroient
étrangement scandalisez si le ban-
deau venant à tomber de leurs yeux,
ils voyent à découvert les principes
de libertinage & d'indépendance ab-

* 4

foluë fur lefquels cette fecte eft appuyée , l'efprit de haine & de revolte qui l'anime , les indignes armes dont elle fe fert pour fe défendre , c'eft à dire la medifance , la
calomnie , les accufations les plus
fcandaleufes , les fables & les con-
tes les plus dépourvûs de vraifem-
blance. Voilà , M. les perfonnes qui
ont été l'objet de votre zele ; & il
eft fi vrai que le ridicule eft fouvent
plus propre que le ferieux à défabufer des efprits prevenus, que je fçais
plufieurs perfonnes que votre Comedie à rappellées des voyes de l'erreur,
fur-tout en Province, où graces à
Dieu la fecte n'eft pas à beaucoup
près fi accreditée. C'eft auffi l'efpe-
rance d'un pareil fuccès qui m'a fait
entreprendre un ouvrage femblable
au vôtre. Je me propofe comme vous
d'inftruire & de défabufer les Janfeniftes de bonne foi aux dépens des
autres , en leur faifant connoître du
moins quelques-unes des erreurs de
cette fecte , car il y en a trop pour
les raffembler toutes , & vous en a-

vez déja démafqué une partie.

Au refte comme vous avez parfaitement obfervé dans votre piece toutes les regles de la bienfeance & de
la moderation , c'eft auffi un point
que j'ai encore voulu imiter de vous.
Dans un fiecle auffi poli que le nôtre
il n'eft permis qu'à une mauvaife caufe & à une paffion violente de s'ex-
haler en injures groffieres , en in-
vectives perfonnelles & en accufations odieufes. Qu'eft devenu le tems
où les Janfeniftes fçavoient par de
bons mot & par une raillerie fine
mettre les rieurs de leur côté ? les
Jefuites produifoient un gros *in folio*
chargé d'érudition qui fembloit devoir écrafer le Parti. Point du tout :
avec une lettre de dix ou douze pages, Pafcal mettoit *l'in folio* hors de
cour & de procès ?

*Solvuntur rifu tabulæ, tu miſſus
abibis.*

Quelle difference ! les Moliniftes
écrivent aujourd'hui avec modera-

tion & avec politeſſe, & on ne leur
repond que par un torrent d'injures:
on ne voit plus couler de la plume
des Janſeniſtes que le fiel le plus amer:
la haine & l'eſprit de révolte dictent
tous leurs écrits: ils vont juſqu'à em-
prunter la lengage & les expreſſions
les plus baſſes des Halles, * pour
inſulter des Prelats reſpectables qui
ont donné des preuves d'un courage Apoſtolique en expoſant leur vie
pour leur troupeau dans la derniere
contagion. Les Chanſons qu'ils pu-
blient excitent l'indignation des honnêtes gens : leurs prétendus Ouvrages d'eſprit ſont caracteriſez par l'or-
dure & l'irreligion: avec quel zele &
quelle ardeur n'ont-ils pas répandus
dernierement des écrits pleins d'in-
famies? Ils ne rougiſſent pas d'adop-
ter un Poëme dont le titre ſeul fait
rougir la pudeur. Eſt-ce là le fruit
de leur morale ſevere ? Eſt-ce là le
regne de la charité qu'ils ſe vantent
de vouloir établir ? Je ſçais que les

* *Les Sarcelles.*

honnêtes gens parmi les Jansenistes
désavoüent ces malheureux fruits de
l'erreur & de la passion, sans excepter même leur Gazette scanda-
leuse; comme j'en ai vû plusieurs dés-
avoüer les miracles ridicules du Saint
prétendu; mais il faut que le nombre de ces honnêtes gens ne soit pas
grand, puisque ces Libelles ont tant
de cours dans le Parti.

S'imaginent-ils donc que les Molinistes n'auroient pas l'esprit de nommer aussi les gens par leur nom, s'ils
n'agissoient par des principes plus
Chrétiens? Croyent-ils qu'on igno-
re les scandales qui se passent dans
leur sainte cabale? seroit-il si difficile de rendre ridicules & Madame la Duchesse de *** & Madame la Marquise de *** & Madame
la Conseillere ** & Monsieur tel
& Madame telle? Si la bienseance
& la charité n'arrêtoient ma plume,
sans les nommer, je pourrois les ca-
racterifer par des traits reconnoif-
fables qui ne seroient pas démentis.
Mais je n'ai garde de scandaliser l'E-

glife pour la défendre , & de dé-
truire la charité pour maintenir la
Foi. N'imitons pas M. le mauvais
exemple de ces Meffieurs. Attaquons
leurs erreurs : mais menageons leurs
perfonnes ; gardons les bienfeances :
pour les injures dont il nous char-
gent , ne leur rendons que d'utiles
plaifanteries ; & fi elles fervent , comme je l'efpere , à retirer quelques
perfonnes de l'erreur , méprifons leur
colere & leurs charitables Epithe-
tes.

Mais je m'apperçois que cette Lettre devient trop longue. Il faut pourtant que je vous dife encore qu'on
vous prie très-inftamment de donner quelque nouvelle Piece de votre
façon. La matiere ne fçauroit vous
manquer : les Janfeniftes vous four-
niront tous les ans de nouveaux fujets. Pour moi , fi la Piece que je
donne aujourd'hui au Public eft bien
reçûë , je m'engage à vous fecon-
der : il me roule encore dans la tête
quelques fujets affez plaifants , & fi
vous faites l'honneur à mes Ouvra-

ges de les approuver, on pourra en les joignant aux vôtres en composer une suite qui aura pour titre le THEA-TRE JANSENISTE. Cette idée merite d'être suivie. J'ai l'honneur d'être avec beaucoup de respect.

M.

Votre tres-humble & tres-obéïssant Serviteur. ***

AVERTISSEMENT.

JE prie les Lecteurs de ne me pas soupçonner de penser mal des libertés de l'Eglise Gallicane. Je fais très-sincerement profession de les respecter ; & il est aisé de voir que tout ce qui en est dit dans cette Comedie ne tend qu'à rendre ridicule le zele faux & politique que les Jansenistes affectent pour nos libertés, afin d'autoriser leur revolte contre toutes les Puissances. Je supplie aussi MM. les Avocats de ne point s'offenser de quelques traits repandus dans cette Piece. J'honore veritablement leur profession & je sçais qu'il y a parmi eux un grand nombre de gens d'esprit & de merite. Mais comme l'estime que le Public a pour les Medecins n'a pas empêché Moliere de tourner en ridicule quelques Medecins ignorans, je me suis persuadé que j'avois le même droit par rapport à quelques Avocats ridicules

AVERTISSEMENT.

qui fe mêlent d'être Theologiens. Il n'y a qu'une Societé au monde où les fautes d'un particulier réelles ou imaginaires foient imputées à tout le corps. Par tout ailleurs le ridicule & les fautes font perfonnelles.

ACTEURS.

M. GAUTIER.

VALERE, *Fils de M. Gautier, Amant d'Isabelle.*

LUCILE, *Fille de M. Gautier.*

M. GERMAIN, *sous le nom de M. Kinsman, François refugié à Londres, Parent de M. Gautier.*

LEANDRE, *Fils de M. Germain, Amant de Lucile.*

ISABELLE, *Niece de M. Germain.*

M. BREDASSIER, *Avocat amoureux de Lucile.*

M. GONIN,
M. CAFFART, } *Docteurs Janfenistes.*

MATHURIN, *Valet de M. Gautier.*

PITRE, *Anglois Valet de M. Germain.*

Un Marchand d'Images.

Troupe de Malades de S. Paris.

La Scene est à Paris à l'entrée de la Maison de M. Gautier.

LE SAINT DENICHE',
OU LA BANQUEROUTE
DES MARCHANDS DE MIRACLES.

COMEDIE.

ACTE I.

SCENE PREMIERE.

M. GAUTIER, VALERE.

M. GAUTIER.

Dis-moi donc Valere mon Fils ; est-il
bien vrai que tu confens enfin à te
faire Avocat ?

VALERE.

Oüi, mon Pere.

M. GAUTIER.

Tu me le promets ?

VALERE.

Je vous le promets.

M. GAUTIER.

Viens que je t'embraffe : tu me ravis l'ame

A

VALERE.

J'ai eu d'abord quelque peine à m'y résoudre parce que je considerois que cette profession demande de la science, & que je n'en ai point.

M. GAUTIER.

Eh non mon enfant. Dès que tu auras porté la robe d'Avocat trois ou quatre fois seulement, tu auras de la science de reste; & puis je te donnerai une belle bibliotheque : tu n'auras pas besoin d'étudier. Mais sçais tu bien pourquoi je veux te faire Avocat ?

VALERE.

C'est sans doute, parce que vous n'e-stimez que les Avocats, depuis que vous vous êtes fait Janseniste.

M. GAUTIER.

Moi Janseniste ! tu te mocques. Il est bien vrai que je ne veux point entendre parler de constitution ni de formulaire ; que je méprise beaucoup les Evêques, que je hais les Molinistes, que je n'esti-me & ne veux lire que les ouvrages du Parti qu'on appelle des Jansenistes, & que je suis persuadé que la verité est de leur côté ; mais cela s'appelle-t'il être Janseniste.

VALERE.

Je n'en sçais rien ; mais je vous ai pourtant vû penser differemment.

M. GAUTIER.

Cela est vrai. J'étois presque Moliniste avant que saint Paris fit des miracles. Mais il a bien fallu changer de sentiment. Qui est-ce qui peut résister à des miracles ? c'est saint Paris qui m'a fait ouvrir les yeux à la vérité ; & c'est parce que l'ordre des Avocats se distingue aujourd'hui par son zèle à défendre cette vérité, que je veux te faire Avocat.

VALERE.

Mon Père, si en considération de mon obéissance j'osois vous demander une grace. Vous songez peut-être aussi à me marier

M. GAUTIER.

Vraiment, il le faut bien ; & je te dirai même sur cela une bonne nouvelle que je reçûs hier. Tu sçais bien que nous avons des Parens refugiés en Angleterre depuis la révocation de l'Edit de Nantes, & qu'ils y ont fait une grosse fortune.

VALERE.

Eh bien ?

M. GAUTIER.

M. Germain mon Cousin me mande que s'étant fait Catholique depuis un an, & étant devenu tuteur d'une fille unique de son frere mort depuis six mois, il va se mettre en chemin pour revenir en France, & qu'il amène sa Niece pour te la faire épouser.

A 2

VALERE.

A moi, mon Pere ?

M. GAUTIER.

Oüi, & il m'ajoûte qu'il seroit au comble de la joye s'il pouvoit retrouver son Fils qu'il a perdu depuis dix ou douze ans, parce qu'il le feroit aussi épouser à Lucile ta sœur, & ce double mariage réuniroit, dit-il, toute la famille avec tous les biens.

VALERE.

Ah ! mon Pere, que m'apprenez-vous là ?

M. GAUTIER.

Comment donc ?

VALERE.

Ah ! si vous connoissiez une jeune personne....

M. GAUTIER.

Eh bien, celle-ci n'a pas dix-huit ans.

VALERE.

Elle se nomme Isabelle.

M. GAUTIER.

Justement, & celle-ci aussi.

VALERE.

C'est une étrangere.

M. GAUTIER.

Et celle-ci n'est-elle pas Angloise ?

VALERE.

Oüi, mais celle dont vous parlez est encore à Londres, & celle dont je vous parle est à Paris depuis huit jours.

M. GAUTIER.

C'est une autre affaire!

VALERE.

Ma sœur a fait connoissance avec elle, & elle vous dira qu'elle est charmée de son merite, j'ai eu occasion de la voir, de lui parler, de lui faire connoître mes sentimens ; & il m'a paru qu'ils ne lui étoient pas desagréables.

M. GAUTIER.

Mon Fils, quand tu seras Avocat songez bien au moins à défendre comme il faut les libertés de l'Eglise Gallicane.

VALERE.

Je ne sçais point encore sa condition; mais il est impossible que la nature qui lui a prodigué tant de charmes, lui ait refusé l'avantage de la naissance.

M. GAUTIER.

Comment leur naissance! nos libertés sont très-anciennes. Mais prens bien garde sur tout aux entreprises de la Cour de Rome.

VALERE.

Elle doit venir tantôt rendre visite à ma Sœur.

M. GAUTIER.

Qui! la Cour de Rome? Je crois que tu es fou.

VALERE.

Je vous parle d'Isabelle, mon Pere.

A 3

M. GAUTIER.

Et moi je parle de la Cour de Rome.
Les Avocats m'ont dit que s'il n'y avoient
l'œil, en moins de rien nous devien-
drions tous sujets du Pape.

VALERE.

Je suis sûr que si vous la voyiez.

M. GAUTIER.

Je meurs de joye par avance quand je
songe que je t'entendrai bientôt citer S.
Augustin & Saint Grégoire, & faire la
leçon à tous ces pauvres Molinistes.

VALERE.

Il n'y a rien que je ne fasse, mon Pere,
si vous voulez vous rendre favorable à
mes vœux.

M. GAUTIER.

Ah ! que j'aurois de consolation si je
te voyois un de ces jours exilé par le
Roi, pour avoir bien défendu les droits
de la Couronne. Bon voici Lucile : il
faut aussi que je lui parle.

SCENE II.

M. GAUTIER, VALERE, LUCILE.

M. GAUTIER.

MA fille il ne faut plus songer à
Leandre.

LUCILE.

Quoi, mon Pere, après la parole que vous lui avez donnée !

M. GAUTIER.

Bon ! ne m'avoit-il pas promis de me donner une connoissance exacte & certaine de sa famille & de son bien ? C'est un étranger qui se dit riche & de bonne famille : l'en croirai-je sur sa parole ? En un mot, il faut s'il vous plaît, que vous épousiez M. Bredassier. C'est un Avocat de merite à qui je vous ai promise.

LUCILE.

Mon Pere ! . . . .

M. GAUTIER.

Mon Pere mon Pere . . . . . Il faut songer que nous avons un grand procès actuellement pendant, qui nous ruine si nous le perdons. Il faut nous faire des amis, & les Avocats m'ont assuré que c'étoient eux qui faisoient tous les Arrêts.

LUCILE.

Tout cela ne me donnera jamais de goût pour M. Bredassier.

M. GAUTIER.

Eh pourquoi donc, s'il vous plaît, Mademoiselle ? Songez-vous que M. Bredassier est un des jolis Avocats de Paris ?

LUCILE.

C'est tout dire.

M. GAUTIER.

Et que fi ce jeune homme-là fe fait jamais exiler à Quimper, il fera un grand chemin.

LUCILE.

Vous pouvez, mon Pere, m'ordonner de l'époufer ; mais vous me difpenferez de l'aimer.

M. GAUTIER.

Oüais ! Eh bien vous l'aimerez quand il vous plaira ; mais vous l'épouferez toûjours en attendant. Il doit vous venir voir tantôt, & je vous prie de ne pas manquer à le bien recevoir. Songez-y. (*Il rentre.*)

SCENE III.

VALERE, LUCILE, MATHURIN.

VALERE.

JE fuis au defefpoir.

LUCILE.

Que je fuis malheureufe !

VALERE.

Quoi ! j'ai la complaifance de confentir à me faire Avocat qui eft la chofe du monde dont j'ai le moins d'envie, & voilà le fruit que j'en retire ? ferviteur à l'avocafferie.

LUCILE.

Et moi fur la parole de mon Pere je

souffre les visites de Leandre, je me laisse
insensiblement engager, je l'aime en un
mot ! & on vient aujourd'hui me parler
de M. Bredassier ? Je suis bien sa servante.

MATHURIN.

Il y a donc bien du grabuge par ici.

VALERE.

Ah te voilà, Mathurin ! tu devrois bien
nous aider un peu. Tu dis à mon Pere
tout ce que tu veux.

MATHURIN.

Oüi, mais il n'en fait que ce qu'il veut.

LUCILE.

Point point, tu as quelque credit sur
son esprit.

MATHURIN.

Oh Dame oüi. C'est que je suis fils de
sa nourrice, voyez-vous ; & ça fait que
j'ai le credit de lui faire faire tout ce
qu'il a en fantaisie.

VALERE.

Tu sçais bien qu'il a une extrême envie que je me fasse Avocat ?

MATHURIN.

Eh bien, est-ce que vous n'avez pas un
assez bon estomac pour brailler à l'audience ?

VALERE.

Ce n'est pas de quoi il s'agit. Je consens
à me faire Avocat pourvû qu'il approuve le
desir que j'ai d'épouser une jeune étrangere,
qui est ici depuis quelques jours ; & il veut

me faire époufer je ne fçais quelle parente
qu'on amene tout exprès d'Angleterre.
Voilà auffi ma fœur qu'il a promife à Leandre, & il veut la donner à M. Bredaffier.

MATHURIN.

Quoi à ce Monfieur l'Avocat qui braille
fi haut & fe demene tant ? oh ! je vous dirai bien moi pourquoi votre Pere le veut.

LUCILE.

Eh bien pourquoi ?

MATHURIN.

Pardi c'eft à caufe qu'il fe l'eft fiché dans
la tête. Eft-ce que vous ne connoiffez pas
la tête de Monfieur votre Pere ?

VALERE.

Vraiment oüi, mais il s'agit de lui ôter
cette fantaifie de la tête. Aides nous, mon
ami Mathurin, trouves nous quelque expedient. Tu as de l'efprit.

MATHURIN.

Oh ! pour cela oüi. Attendez... n'avez
vous pas oüi dire que quand deux têtes font
dans un bonnet, elles veulent toutes deux
la même chofe ?

VALERE.

Sans doute.

MATHURIN.

Et bien, mettez vos deux têtes dans
le bonnet de votre Pere, ou bien mettez la tête de votre Pere dans votre bonnet, & vous ferez tous d'accord.

LUCILE.

Bell expedient !

VALERE.

Eh non, mon ami, parles lui, je t'en prie, & tâches de le persuader.

MATHURIN.

Voulez-vous que je vous dise : autrefois votre pere avoit quelque fiance en moi ; & quand je lui disois, c'est par ici, c'est par là, velà le droit chemin, il suivoit mon conseil ; mais depuis que je vois roder par ici ces Docteurs Jansenistes, ce M. Caffart & ce M. Gonin avec leurs yeux louches, leur torticolis, leur S. Paris & toute la Kyrielle : ma foi, M. Gautier ne me croit plus : & quand je lui dis, velà un arbre, il me dit que c'est un fagot ; & quand je lui crie à dia, il s'en va à huau. Tant y a que S. Paris lui a renversé la cervelle ; mais patience : c'est peut-être pour la lui raccommoder mieux, comme on dit qu'il rend les gens malades pour les faire se bien porter.

VALERE.

Oh parbleu nous verrons. Ne desesperons encore de rien.

LUCILE.

Pour moi je vais envoyer avertir Leandre de ce qui se passe. Il attend de jour en jour des nouvelles de sa famille, & s'il pouvoit en recevoir, peut-être que,

VALERE.

Retirons-nous : j'entens mon Pere.

SCENE IV.

M. GAUTIER, MATHURIN.

M. GAUTIER *derriere le Theatre.*

Mathurin !

MATHURIN.

Plaît-il, Monſieur.

M. GAUTIER.

Mathurin ! où es-tu donc ?

MATHURIN.

Eh pardi me velà.

M. GAUTIER *arrivant.*

Eh cours donc vîte. N'entens tu pas crier dans la ruë ?

MATHURIN.

Oüi, velà qu'on crie des vieux chapeaux.

M. GAUTIER.

Peſte ſoit de l'animal ! n'entens-tu pas crier *touchant la Conſtitution* ?

MATHURIN.

Ah touchant la Conſiſtuti.. la Conſtitu.. foin, ce mot là me fait toûjours fourcher la langue.

M. GAUTIER.

Eh va donc vîte, & apportes le moi.

MATHURIN.

Quoi ?

M. GAUTIER.

Ce que cet homme-là crie, ce qu'il vend
dans la ruë; apportés moi tout ce qu'il a.
Faut-il que je te pouffe pour te faire marcher.

~~~~~~~~~~~~~~~~~~~~~~~~~~~~~~~~~~~

SCENE V.

M. GAUTIER, PITRE.

PITRE à part.

P Ardi velà un bel commiffion que mon
Maître avoir donnée à moi!

M. GAUTIER à part.

Heu! quel eft cet homme-ci?

PITRE à part.

Ne point parler de mon Maître Monfieur Germain, que fous le nom de Monfieur Kinfman que M. Gautier ne connoître pas; & ne pas lui dire que c'eft
fon coufin.

M. GAUTIER à part.

Ne feroit-ce pas là un Efpion de la po-
lice?

PITRE à part.

C'eft que M. Germain vouloir être
mieux affuré s'il eft vrai que M. Gautier n'être pas bon Cathelique.

M. GAUTIER. à part.

Je croi qu'il parle de moi. Je tremble.

PITRE à part.

Parce qu'alors lui ne point marier fon

Niece Isabelle à le fils de M. Gautier, &
s'en retourner en Angleterre tout droit
sans dire mot.

M. GAUTIER à part.

Comme il regarde ma maison ! c'est
à moi qu'il en veut.

PITRE à part.

Pardi velà du scrupule bien menu. Nous
autres Protestans n'être pas si délicats.
Mais je pense que velà M. Gautier.

M. GAUTIER à part.

Que lui dirai-je, j'aimerois mieux mourir que de faire une équivoque.

PITRE.

Vous êtes Monsieur Gautier ?

M. GAUTIER.

Non, ce n'est pas moi.

PITRE.

Où lui demeure-t'il, Monsieur ?

M. GAUTIER.

Je n'en sçais rien.

PITRE.

Pardon Monsieur. Moi suis un homme
étranger & connoître pas le monde.

M. GAUTIER.

Ah vous êtes étranger ! je m'en doutois
en effet. *A part*, reprenons nos esprits ; me
voilà rassuré. *haut*, eh bien que voulez-vous à M. Gautier.

PITRE.

Moi suis Valet de M. Kinsman noble
Englis, & venir prier M. Gautier que mon

Maître le venir voir pour lui apprendre
des nouvelles de M. Germain.

M. GAUTIER.

J'entends. M. Kinfman votre Maître
veut me venir voir pour m'apprendre des
nouvelles de mon Coufin M. Germain.
Mon enfant dites lui qu'il fera le bien
venu.

PITRE.

Plaît-il ?

M. GAUTIER.

C'est moi qui fuis M. Gautier, quoique
je vous aye dit le contraire pour quelques
raifons, & je ferai charmé de voir votre
Maître. J'aime beaucoup à m'entretenir
avec les Anglois. Dites-moi un peu des
nouvelles d'Angleterre. Comment va la
Religion dans ce Pays-là ?

PITRE.

Oh ! vous êtes tous Catheliques ici,
& là nous être tous Protestans.

M. GAUTIER.

Eh bien que penfez-vous dans ce Pays-
là du Pape ?

PITRE.

Oh ! nous mocquer du Pape, ne vouloir point que le Pape dife mot.

M. GAUTIER.

Ah, ah ! & vous êtes Protestans ?

PITRE.

Oh oüi, bons Protestans ; mais vous
autres faire beaucoup la reverence à le Pape

M. GAUTIER

Pour cela oüi : nous lui faisons de grandes reverences, & nous sommes fort ses serviteurs ; mais nous ne voulons pas non plus qu'il se mêle en France des affaires de la Religion. Qu'avons-nous besoin de lui ? n'avons-nous pas des Prêtres & des Avocats ?

PITRE.

Ah, ah ! & vous être Catheliques ?

M. GAUTIER.

Oüi, très-Catholiques. Et que dites-vous des Evêques dans ce Pays-là ?

PITRE.

Nous point écouter les Evêques. Les Evêques être comptés rien. Nous dire beaucoup de mal d'eux, & quand ils font une écriture, nous point soucier.

M. GAUTIER.

Ah, ah ! & vous êtes Protestans ?

PITRE.

Oüi, bons Protestans. Mais vous autres porter beaucoup de respect à les Evêques.

M. GAUTIER,

Nous en verité. Nous les traitons je vous jure très-cavalierement. Nous ne faisons aucun cas de leurs Mandemens. Il n'y a pas jusqu'aux petits bourgeois qui n'en plaisantent, & nous disons de leur personne tout le mal que nous ne sçavons pas.

PI.

PITRE

Ah, ah! & vous être Catheliques ?

M. GAUTIER

Sans doute. Fait-on figner chez-vous
des Formulaires & des Conftitutions?

PITRE.

Oh point. Nous cracher deffus, & dire
que tout cela être contraire aux libertés
de l'Eglife Anglicane.

M. GAUTIER.

Et vous êtes Proteftans.

PITRE.

Toûjours, mais vous autres être grandement foucieux de Formulaires & de
Conftitutions.

M. GAUTIER.

A nous des Formulaires ! nous n'en
voulons pas plus que vous, de Conftitutions encore moins ; & nous trouvons
auffi que tout cela eft contraire aux libertés de l'Eglife Gallicane. Il n'y a chez
nous que les Moliniftes qui les fignent de
bonne foi. Mais les gens de la faine doctrine ne les fignent que pour avoir des
benefices, fans en croire un feul mot.

PITRE.

Ah, ah ! Et vous être Catheliques?

M. GAUTIER.

En doutez-vous ? Et dans les contro-
verfes de Religion confulte-t-on chez
vous les Jurifconfultes, & les Avocats?

B

PITRE.

Oh oüi grandement. Eux décider &
prêcher beaucoup la Religion.

M. GAUTIER

Et vous êtes Protestans ?

PITRE.

Oüi , toûjours Protestans. Mais vous
point soucier en Religion des Avocats.

M. GAUTIER.

Que dites-vous? Ce sont nos oracles,
& nous les croyons plus que le Pape, les
Evêques , & tous les Docteurs. Ces Mes-
sieurs-là vous citent S. Augustin, comme s'ils l'avoient lû ; & vous décident
les points de Theologie comme s'ils l'en-
tendoient. Les Avocats ! deste !

PITRE.

Et vous être Catheliques ?

M. GAUTIER.

Belle demande ! & chez vous dans
les Disputes de Religion comment fait-
on ?

PITRE.

Chacun parler & disputer , les hommes , les femmes , les Medecins, les A-
vocats & les Apoticaires & chacun croire son tête.

M. GAUTIER.

Les femmes aussi ?

PITRE.

Oh beaucoup les femmes : toûjours
parler , parler , sans rien entendre.

M. GAUTIER.

Et vous êtes Protestans ?

PITRE.

Toûjours Protestans. Mais vous point disputer, & beaucoup soumis à l'Eglise.

M. GAUTIER.

Point tant que vous croyez ; car nous ne connoissons point d'Eglise sans Concile, & comme le Concile ne vient jamais, en attendant chacun dispute & pense tout ce qu'il veut.

PITRE.

Et vous être Catheliques ?

M. GAUTIER.

Qui en doute ? Voyez pourtant à combien peu il tient que l'Angleterre & la France ne forment qu'une même Eglise. Mais dites-moi, mon cher ami, vous n'avez point de miracles chez-vous ?

PITRE.

Non. Nous seulement avoir des Quakres * qui font grand mouvement des jambes, des bras & de la tête, qui crient & frappent, & roulent les yeux comme ceux qui ont le Diable. Mais eux être vilains, & le monde se moquer d'eux.

M. GAUTIER.

Comment vous ne croyez pas que ce soit-là des miracles ?

* C'est le nom *Anglois* de la *secte fanatique des Trembleurs.*

B 2

PITRE

Non point. Tout le monde dire qu'ils
font fous & fripons.

M. GAUTIER.

Oh ! pour le coup, voilà une herefie
bien formelle, & je vois que les Anglois
font plus heretiques que je ne penfois.
Adieu mon cher ami. Vous n'avez qu'à
dire à votre maître que je le verrai volontiers.

PITRE.

Adieu Monfieur. Moi votre ferviteur.

M. GAUTIER *à part.*

Cela eft pourtant admirable. Les Anglois font prefque Catholiques comme
nous.

PITRE *s'en allant.*

Pardi les François être prefque auffi
bons Proteftans que nous.

SCENE VI.

M. GAUTIER, MATHURIN.

MATHURIN.

TEnez, Monfieur, velà de la mar-
chandife.

M. GAUTIER.

Qu'eft-ce que c'eft que tout ce fatras là?

MATHURIN

Ma foi, voyez-y vous-même. Velà cette piece que cet homme-là crioit. C'est une écriture de M. l'Archevêque.

M. GAUTIER.

Contre les miracles de Saint Paris!

MATHURIN.

Et puis j'ai trouvé un homme qui m'a dit de vous apporter tout ça. Ils appellent ceci. *La Femme Docteur.*

M. GAUTIER.

Quoi! cette miserable Comedie si pleine d'impietez & de blasphêmes.

MATHURIN.

Comment donc! ils m'ont dit que ça vous feroit crever de rire. Voici à present l'Apo... l'Apo... *l'Apologie de Cartouche.*

M. GAUTIER.

Encore! c'est une piece qu'on m'a voulu joüer.

MATHURIN.

Et puis les miracles de Monsieur Utrec.

M. GAUTIER.

Courage !

MATHURIN.

Et puis le bal general donné à la Bastille par les Sauteurs de Saint Paris. Et puis....

M. GAUTIER.

Et puis, & puis te tairas-tu? Va-t'en me jetter tout cela au feu.

MATHURIN.

Au feu !

M. GAUTIER.

Au feu tout à l'heure.

MATHURIN.

Mais vous ne les avez pas lû tant seulement.

M. GAUTIER,

Dieu me préserve de lire de pareilles sotises !

MATHURIN.

Mais puisque vous dites que vous n'êtes pas Janfenitre, que n'en riez vous comme les autres ?

M. GAUTIER.

Ignorant ! ne vois tu pas que tous ces ouvrages là fortent de la boutique des Jéfuites, & qu'il ne peut fortir de cette boutique là que des ouvrages de tenebres & d'iniquité, des pieces miferables, pitoyables, execrables, impies, abominables.

MATHURIN.

Mifericorde ! ils prêchent pourtant fi bien ces gens là, & ce font eux qui enfeignent tous les Colleges.

M. GAUTIER.

Bon ! imagines-toi qu'il n'y a gueres plus de vingt mille Jéfuites en Europe, & en voilà un enfin, qu'on vient d'acculer des plus grands crimes. Coupable ou non, je n'en fçai rien ; mais tu vois bien que ce font tous gens à brûler.

MATHURIN.

Ça eft bien dit ça. Quand vous ferez votre provifion de vin, fi je vous accufe une bouteille d'être mauvaife, je vous confeille de les jetter toutes dehors. Tenez, Monfieur, je ne fuis qu'une bête; mais je gagerois bien que toute cette confiftitution là ne vaut rien.

M. GAUTIER.

Tu as bien raifon pour le coup.

MATHURIN.

Oh Dame ! c'eft que je raifonne auffi parfois; & quand il y a des gens qui difent la confiftitution par ici, la confiftitution par là, je leur dis : tenez, elle ne vaut rien. Oh fi fait ce difent-ils, elle eft bonne. Non, ce leur dis-je, elle ne vaut rien, car elle a fait tourner l'efprit à mon Maître. Alors ils fe mettent à rire, & ils difent comme çà que j'ai raifon.

M. GAUTIER.

Ecoute mon ami, tu prends avec moi des libertés dont je commence à me laffer.

MATHURIN.

Que voulez-vous? c'eft que je ne fçaurois me refondre. Et puis c'eft peut-être auffi parce que tout le long du jour vous ne faites que parler avec vos Docteurs de libertés, de libertés.

B 4

M. GAUTIER.

Oüi, mais c'est des libertés de l'Eglise Gallicane que nous parlons.

MATHURIN.

Tredame! est-ce que je ne suis pas itou
de l'Eglise moi! oh! je ne suis pas non
plus Jansenitre au moins.

M. GAUTIER.

Fort bien, mais fais ton compte que
si tu continuë sur ce ton là, je te donnerai ton congé.

MATHURIN.

Oh bien, en cas de ça, on ma offert
une bonne condition: car il ne tient qu'à
moi d'être malade de Saint Paris.

M. GAUTIER.

Que veux tu dire?

MATHURIN.

Oüi, oüi, malade de Saint Paris &
à trente sols par jour encore.

M. GAUTIER.

Je croi que tu perds l'esprit.

MATHURIN.

Eh nenni, nenni: je m'entends bien.
J'ai un de mes amis qui y fait bien ses
Orges; & à moi on m'a donné à choi-
sir des trois ou quatre maladies là, de
ces maladies qui ne font point de mal;
de faire semblant d'avoir une grosse hy-
pocrisie au ventre, ou bien de marcher
avec des béquilles, ou bien d'avoir une

colique frénetique; mais tenez, ça n'est
pas bon qu'à tromper la Chrétienté, &
je suis franc comme l'osier.

M. GAUTIER.

Vas-t'en je t'en prie, & me laisses en
repos ; car tu m'échauffes la bile.

MATHURIN.

Et bien, bien, parlons d'autre chose.
Voilà-t'il pas que vous voulez faire votre
Fils Avocat, & votre Fille Avocate ?

M. GAUTIER.

Eh bien !

MATHURIN.

Eh bien ils disent comme ça tous deux
qu'ils ne le veulent pas, & ils m'ont en-
chargé de vous emboiser l'esprit sur ça.

M. GAUTIER.

Et tu t'es chargé de cette commis-
sion là ?

MATHURIN.

Oh Dame oüi ; car ils disent comme
ça que j'ai du crédit sur votre esprit ;
mais moi je leur ai dit que non, parce
que depuis un tems vous ne faisiez qu'à
votre tête, tout de travers.

M. GAUTIER.

Mathurin, tu deviens insolent ; mais
c'est la derniere fois que je t'en avertis.
Songez-y bien. Va-t'en tout à l'heure,
& évite ma colere. Ah! j'apperçois M.
Gonin. Il vient sans doute à son ordi-

naire m'apprendre quelque nouvelle: J'attends aussi M. Caffart.

❦❦❦❦❦❦❦❦❦✶❦❦❦❦❦❦❦❦

SCENE VII.

M. GAUTIER, M. GONIN.

M. GONIN.

HElas Monsieur ! je n'ai qu'une triste nouvelle à vous apprendre. Notre chere Gazette....

MATHURIN *revenant sur ses pas,*

Apropos , Monsieur , j'oubliois de vous dire....

M. GAUTIER.

Veux-tu nous laisser en repos? (*Mathurin s'en va*) Eh bien Monsieur , notre chere Gazette.....

M. GONIN.

Notre chere Gazette vient d'être condamnée.

M. GAUTIER.

Condamnée !

MATHURIN *revenant sur ses pas.*

C'est pour votre procès , Monsieur. Je viens de rencontrer.....

M. GAUTIER.

Si tu ne te retires , je..... (*Mathurin s'en va*) achevez donc Monsieur.

M. GONIN.

Cette pauvre Gazette vient d'être condamnée par Arrêt du Parlement.

M. GAUTIER.

O Ciel ! voilà qui est effroyable.

MATHURIN *revenant encore.*

Je vous dis que j'ai rencontré le clerc
de votre Procureur qui m'a dit de vous dire
que votre procès alloit mal, & que . . . . . .

M. GAUTIER.

Attends Maraud , je vais t'apprendre
(*Mathurin s'enfuit*) à venir m'importu-
ner. Reviens-y encore.

M. GONIN.

Ce qu'il y a d'étonnant dans cet Arrêt ,
c'est que la Gazette Ecclesiastique ne dit
jamais, comme vous sçavez, que la pure
verité, & le Parlement la condamne comme un tissu de faussetez. Elle ne respire
que la charité, & il la condamne comme
un ouvrage plein de passion & de calom-
nies. Elle fait l'éloge de tous les gens de
bien, & il la condamne comme attaquant
sans pudeur les personnes les plus respe-
ctables par leur vertu & leur caractere.
Elle est écrite avec une délicatesse & une
finesse admirable, & on l'accuse d'être
pleine d'injures grossieres. Non on ne se
seroit jamais attendu à un Arrêt comme
celui-là.

M. GAUTIER.

Oh! que cela est fâcheux! Comment ferons-nous donc?

M. GONIN.

Ce que j'y trouve de plus fâcheux, c'est que les simples en seront un peu scandalisez. Mais la Gazette ira toûjours son train.

M. GAUTIER.

Quoi! malgré la défense du Parlement?

M. GONIN.

Bon! est-ce que le Roi ne l'a pas déjà défenduë plus d'une fois?

M. GAUTIER.

Il est vrai; mais je vous avouë que cela me paroît friser un peu la désobéissance aux loix.

M. GONIN.

C'est que vous n'êtes pas au fait. Ecoutez-moi. N'est-il pas vrai que la crainte d'une excommunication injuste ne doit pas nous empêcher de faire notre devoir?

M. GAUTIER.

Vraiment c'est la fâmeuse Proposition de Quesnel.

M. GONIN.

A plus forte raison un Arrêt injuste ne doit pas nous empêcher de faire notre devoir. Cela est clair.

M. GAUTIER.

Cela est clair.

M. GONIN.

Or l'Arrêt qui condamne la Gazette Ecclesiastique est évidemment injuste ; car il condamne un ouvrage dont le but est de défendre la Religion & l'Etat, ce qui est un devoir essentiel.

M. GAUTIER.

Cela est vrai.

M. GONIN.

Donc l'Arret du Parlement ne doit pas empêcher le cours de la Gazette Ecclesiastique. Cela est demontré.

M. GAUTIER.

Cela est demontré.

M. GONIN.

Ainsi que le Pape avec les Evêques & toute l'Eglise, que le Roi avec le Parlement & tous les Tribunaux crient contre nous : laissons les crier, & faisons toûjours notre devoir. Il faut servir l'Eglise malgré elle , & le Roi malgré lui.

M. GAUTIER.

Et le Roi malgré lui. C'est bien dit : mais qui est-ce qui nous vient là ? Ah ! c'est justement M. Caffart.

✝.*✝*.*✝*.*✝*.*✝*.*✝*.*✝*.*✝*.*✝*.

SCENE VIII.

M. GAUTIER, M. GONIN, M. CAFFART.

M. CAFFART.

GRande nouvelle! Messieurs, grande nouvelle. Miracle! victoire.

M. GAUTIER.

Qu'est-il donc arrivé, mon cher Monsieur?

M. GAFFART.

Le plus grand miracle dont on ait jamais oüi parler. Ah! Saint Paris est le vrai Thaumaturge de notre siecle.

M. GAUTIER.

Encore un miracle!

M. CAFFART.

Vous connoissez ce Saint Prêtre M. Ranbêche qui édifie tout le public à S. Medard par ses effroyables grimaces & par ses bonds surprenans *

M. GAUTIER.

Oüi, on dit qu'on ne le voit jamais sau-

---

* M. Bescherant ne doit pas nous sçavoir mauvais gré qu'on le designe ici; puisqu'on ne lui attribuë rien qu'il n'ait fait avec ostentation aux yeux de tout le Public.

ser qu'on n'en ait l'ame penetrée de dé-
votion.

M. GONIN.

Oh! que ce spectacle est dévot & touchant !

M. GAUTIER.

Eh bien, M. Ranbêche est-il gueri?

M. CAFFART.

Bon! gueri! il n'est pas incommodé.
Il marche mieux que vous & moi ; & il
n'est question que de le faire marcher a-
vec plus de grace. Mais sçavez vous bien
que sa jambe est plus courte que l'autre
de près d'un pouce?

M. GAUTIER.

Il n'est donc point encore gueri?

M. CAFFART.

Ah que vous êtes pressé , ne sçavez-
vous pas que dans un pouce il y a douze
lignes ? Et vous vous imaginez qu'un S.
vous fera en un jour un allongement de
douze lignes à une jambe? cela étoit bon
autrefois que les Saints faisoient les miracles à la hâte , parce qu'il en falloit
beaucoup & qu'ils étoient pressés. Mais
qui est-ce qui les presse aujourd'hui? parbleu donnez leur le tems.

M. GAUTIER.

Quel est donc ce nouveau miracle dont
vous nous parlez.

M. CAFFART.

C'eſt un miracle dont nous n'avons encore aucun exemple. Vous connoiſſez notre ami M. Camuſet qui a le nés ſi plat. Touché de devotion à la vûë de M. Ranbêche qui demande au Saint l'allongement de ſa jambe, il a été inſpiré d'entreprendre des neuvaines pour obtenir l'allongement de ſon nés.

M. GAUTIER.

Eh bien Monſieur ?

M. CAFFART.

Eh bien Monſieur, dès le ſecond jour il lui eſt venu un gros bouton ſur le nés, & s'il lui en vient autant chaque jour de ſa neuvaine, ce ſera un des plus gros nés de Paris.

M. GAUTIER.

Miracle M. Gonin !

M. GONIN.

Miracle M. Gautier !

M. GAUTIER.

Miracle M. Caffart !

M. CAFFART.

Et un miracle qui va, comme vous voyez, achalander plus que jamais le Tombeau du Saint ; car vous jugez bien que Saint Paris va devenir le Patron de tous les nés diſgraciés.

M. GAUTIER.

Cela eſt étonnant. Mais ils diront

peut-

peut-être encore que cet homme-là faifoit des remedes.

M. CAFFART.

Oh non. Tout ce qu'on pourroit dire,
c'eft qu'il prend fouvent d'affez bonnes
dofes de vin de Bourgogne ; mais ce
n'eft fûrement pas le vin qui lui a pro-
curé ce bouton là. C'eft un miracle. Bon !
il y a encore quelque chofe de bien plus
étonnant.

M. GONIN.

Qu'eft-ce que c'eft ?

M. CAFFART.

Vous ne le croiriez jamais. Un pauvre homme à qui il manque une jambe,
frappé de tant de merveilles, eft allé à
Saint Paris : il a défait fa jambe de bois,
l'a pofée fur le Tombeau * & tout le
monde eft dans l'attente de ce qui en
arrivera.

M. GAUTIER.

Et que voulez-vous qui en arrive.

M. CAFFART.

On n'en fçait rien ; mais on va de tems
en tems tâter la jambe de bois, pour
voir fi elle ne fe ramollit point , & fi
elle ne fe transforme point en chair &
en os.

---

* *Ceci eft un fait dont il y a mille temoins. Je
pourrois nommer la perfonne , & c'eft d'ailleurs un
très-honnête homme.*

C

M. GAUTIER,

Mais Monſieur, quand elle ſe transfor-
meroit, il faudroit la retacher à la cuiſ-
ſe de cet homme.

M. CAFFART.

Monſieur, Monſieur, n'approfondiſ-
ſons point les œuvres du Ciel. Saint Paris en ſçait bien long. Il ſuffit que cette
action édifie beaucoup les Spectateurs,
juſques là que cet Abbé dont l'eſprit &
les mœurs ſont ſi corrompus, en a été
tellement touché, tellement touché,
qu'il a preſque penſé croire en Dieu.

SCENE IX.

M. GAUTIER, M. GONIN, M. CAFFART, MATHURIN.

MATHURIN.

Tenez Monſieur, quand vous devriez m'aſſommer & me chaſſer de
chez vous, il faut que je vous diſe...

M. GAUTIER.

Miracle, Mathurin, miracle ! ce pauvre M. Camuſet à qui le nés allonge.

MATHURIN.

Eh bien, eſt-ce que le vôtre ne vous

allongera pas itou quand vous aurez perdu votre Procès ?

M. GAUTIER.

Bon , bon , bon , je me mocque de
cela.

MATHURIN.

Vous allez perdre votre Procès, vous
dis-je , dès aujourd'hui , & vous serez
condamné aux frais & aux dépens encore.

M. GAUTIER.

Et cette jambe de bois M. Gaffart,
cette jambe de bois !

MATHURIN.

Le Clerc dit aussi comme ça que c'est
la faute de votre grand benêt d'Avocat
qui s'amuse à aboyer après la Constitution , au lieu de travailler à votre procès , & ne devriez-vous pas avoir hon-
te aussi de vous amuser comme vous faites avec votre S. Paris.

M. GONIN.

Comme vous parlez des Saints mon
ami ?

MATHURIN.

Oh oüi , velà encore un beau Saint
de neige. Baillez moi une serpe & un
fagot , & je vous en ferai une douzai-
ne de pareils.

M. GAUTIER.

C'est une bête. Il ne sçait ce qu'il dit.

MATHURIN.

Eh mon Dieu ! depuis quand vous a-

C 2

tres avez-vous tant de devotion pour les
Saints ? Vous nous la baillez bello. Et
puis n'y a-t'il pas affez de beaux petits
Saints dans notre Paroiffe fans aller de-
terrer ce Monfieur Saint Paris qu'on dit
qu'il ne faifoit pas fes Pâques par dévo-
tion. Voyez la belle fainteté ! c'eft tout
jufte comme faint Grenuchon qui faifoit
baffiner fon lit par humilité.

M. CAFFART.

Mais mon ami, vous dites là d'horri-
bles blafphêmes.

M. GAUTIER.

Il faut le laiffer parler.

MATHURIN.

Oüi, des blefphêmes ! allez ça vaut
mieux que d'être tout le long du jour
comme vous à médire des Evêques & de
N. S. Pere le Pape, car j'ai toüjours
oüi dire que dans une livre de médifance
il n'y avoit pas une once de charité.

M. GAUTIER.

Bayard infupportable, auras-tu bien-
tôt fini de jafer ? Meffieurs, faites moi
un plaifir : j'ai une extrême envie de voir
de mes yeux & par moi-même quelques-
uns des miracles de S. Paris, fur-tout
des plus évidens. Comme vous connoiffez la plûpart de ceux qui ont été gueris, ne pourriez-vous pas me les amener
ici tantôt. J'en ferai d'autant plus aife que

je le ferai voir à un Anglois de mes
amis qui doit me venir voir.

M. CAFFART.

Rien de plus aifé. Nous vous en ame-
nerons, & nous allons les y difpofer. (*Les
deux Docteurs fortent*)

M. GAUTIER.

Et toi va-t'en de ce pas cy...

MATHURIN.

Chez votre Avocat ?

M. GAUTIER.

Non, chez cet homme que tu connois, & qui veut fe défaire de ces deux
Pieces curieufes qu'il a, l'Ecriteau du
carquan où fut mis ce Saint Ecclefiaftique, & la perruque de Quefnel. Je veux
les lui achetter quoi qu'il m'en coute.

MATHURIN.

Mais Monfieur....

M. GAUTIER.

Va-t'en te dis-je : ne me raifonnes pas,
& reviens auffitôt m'apporter ce qu'on
te donnera.

Fin du premier Acte.

ACTE II.

SCENE PREMIERE.

VALERE, LUCILE, LEANDRE.

LEANDRE.

Vous voyez, Lucile, le plus malheureux de tous les hommes.

LUCILE.

Je le veux croire, Leandre ; mais ne devez-vous pas attribuer à votre négligence une partie de vos malheurs ?

VALERE.

Ma Sœur a raison. N'est-il pas étrange que, depuis le tems que vous promettez à mon Pere de lui donner les éclaircissemens qu'il vous demande sur votre naissance, & sur vos biens, vous ne lui ayez encore rien produit qui puisse le rassurer ?

LEANDRE.

Et vous avez tous deux la cruauté de me faire à moi un reproche si peu merité ? Apprenez donc puisqu'il le faut la premiere cause de mes malheurs. Je suis François d'origine ; mais mon Grand-Pere aimant mieux renoncer à la Patrie qu'à la secte Calviniste, se refugia à Londres. C'est dans cette Ville que j'ai reçû le jour, & après y avoir été élevé dans la religion Protestante, mon Pere m'envoya dès ma premiere jeunesse étudier à Leyde. J'eus le bonheur de faire connoissance dans cette Ville avec des Catholiques pleins de merite & de vertus qui me déterminerent enfin à rentrer dans le sein de l'Eglise Romaine. Mais après une telle démarche n'osant retourner en Angleterre & m'exposer au ressentiment de mon Pere je pris après deux ou trois ans le parti de passer en France où mes amis de Leyde ne me laissent manquer de rien. Je vous vis, belle Lucile, il y a six mois, & les premieres impressions que vos traits firent sur mon cœur ne lui laisserent pas la liberté de se défendre. J'ai eu enfin la temerité, après avoir obtenu votre consentement, de vous demander à votre Pere, & j'ai été assez heureux pour en tirer une parole favorable sous la condition que je lui certifierois en bonne forme ma naissance & l'état de mes biens. J'écris en Angleterre à d'anciens amis pour solliciter ma cause auprès de mon Pere. Point de réponse. Il faut ou que mes lettres ayent été perduës, ou que mes amis soient absens. Je me sers d'une autre voye „ & j'ajoûte une lettre pour mon Pere même, persuadé que malgré la difference de religion la tendresse paternelle parleroit pour moi ; mais c'est ici que la fortune me reservoit le plus cruel de ses traits. On me répond que mon Pere n'est plus à Londres ; qu'il est parti depuis peu de tems, sans qu'on sçache où il s'est retiré ; & cependant faute de cet éclaircissement je me vois sur le point de vous perdre.

VALERE.

Qu'allez-vous donc faire à present ?

LEANDRE.

Je ne sçais, mais j'ai pourtant encore un reste d'espoir. J'ai appris par un bruit confus qu'un Anglois de Londres arrivé à Paris depuis quelques jours pourroit me dire des nouvelles de mon Pere. Je vais faire toutes les diligences imaginables pour le découvrir.

LUCILE.

Allez donc, Leandre, & puisse le Ciel vous aider dans cette recherche.

LEANDRE.

Oüi, belle Lucile, je l'espere ; & animé par vos bontés je me flatte d'un heureux succès.

VALERE.

Retirons-nous, ma Sœur, j'entends mon Pere avec M. Bredassier.

SCENE II.

M. GAUTIER, LUCILE,
M. BREDASSIER.

M. GAUTIER.

LUcile, Lucile, demeurez s'il vous
plaît. Voilà M. Bredaſſier qui vient
vous voir.

M. BREDASSIER.

Eh quoi, Mademoiſelle, vous refu-
ſez de comparoître quand mon amour
vous interpelle ? auriez-vous la cruauté
de vouloir décliner l'Arrêt interlocutoire
que M. votre Pere a prononcé en ma
faveur.

M. GAUTIER.

Avec qui étiez-vous là ? Il me ſemble que j'ai vû Leandre.

LUCILE.

Oüi, mon Pere.

M. GAUTIER.

Je vous ai pourtant déclaré mes in-
tentions.

LUCILE.

Je le ſçais, mais après les avances que
vous lui avez faites, je vous avoüe que
je n'ai pas le courage de le chaſſer.

M. BREDASSIER.

Ah Mademoiselle, songez que Leandre est ma partie adverse, & que vous ne pouvez lui donner audience sans préjudice de mon droit.

LUCILE.

Votre droit, Monsieur.

M. BREDASSIER.

Oüi Mademoiselle : la loi y est formelle, & la Glose le décide en termes exprès au Code *de pactis* Paragraphe 18.

LUCILE.

Je ne sçavois pas cela.

M. BREDASSIER.

Rien n'est plus clair. Monsieur qui est votre Auteur vous avoit promise à Leandre, il est vrai ; mais distinguons, s'il vous plaît, une promesse pure & simple, absoluë, d'une promesse revetuë de conditions avec des obligations respectives. Celle-ci ne peut par sa nature lier le prometteur, ni sortir son effet, qu'au moment de l'execution de la clause ou condition qui y est apposée ; au lieu que par celle-là le prometteur contracte actuellement une obligation réelle envers la partie à qui il promet : obligation fondée non seulement sur la loi *de Promissionibus* Chapitre *quoniam* ; mais en outre sur la raison & le droit commun. Car ce que Quintilien dit fort bien dans un cer-

tain Chapitre, Ciceron l'avoit déja remarqué dans fes queſtions academiques..
que... attendez ... Qu'eſt-ce que je voulois
dire tout-à-l'heure ?

M. GAUTIER.

Que Quintilien diſoit que Leandre a-
voit tort, & que Ciceron diſoit que vous
aviez raiſon.

M. BREDASSIER.

Juſtement. Car c'eſt un axiome reçû
que *melior eſt conditio poſſidentis.* Or comme en deſtituant Leandre du droit reſ-
peƈtif anticipé qu'il avoit acquis ſur Mademoiſelle par la promeſſe obligatoire que
vous lui aviez articulée, vous m'avez
ſubſtitué & ſubrogé en ſon lieu & place
pour devenir acquereur & poſſeſſeur de
Mademoiſelle en pleine & entiere pro-
prieté, il eſt évident que.... il eſt évident que Leandre n'a rien à repliquer.

M. GAUTIER.

Oh parbleu qu'il replique s'il veut : ce
n'eſt pas de quoi je m'embaraſſe. Mais
voilà Mademoiſelle qui ſe tient là je ne
ſçais comment ſans répondre le moindre
mot à Monſieur.

LUCILE,

Moi mon Pere ? je trouve Monſieur
fort éloquent; mais il eſt vrai que je ne
ſens pas toute la force de ſes raiſonne-
mens:

M. BREDASSIER.

Attendez, Mademoiſelle, je vais vous mettre au fait. Premierement trois moyens de nullité qui invalident & irritent l'obligation contractée avec le Sieur Leandre Demandeur, & reſultante de la promeſſe à lui ſpecifiée par le Sieur Gautier Défendeur : trois moyens qui par conſequent autoriſent ſa deſtitution d'une part. Secondement quatorze moyens qui établiſſent irréfragablement le droit de moi Sieur Bredaſſier Avocat en la Cour d'autre part, pour être mis en pleine & paiſible poſſeſſion de Mademoiſelle. Voyez dans Rebuffe la loi de *filiis & filiabus.*

M. GAUTIER.

Quatorze moyens ! cela eſt bien fort.

M. BREDASSIER.

Je n'en rabattrai pas d'un ſeul. Commençons par-là ſi vous voulez. 1. moyen. Mademoiſelle eſt ſujette, capable, apte & idoine pour être donnée d'une part par vous ſon Pere, & ſon ayant cauſe, & acceptée de l'autre par moi ſon futur Epoux & ſon très-humble ſerviteur. Car il en eſt de Mademoiſelle comme d'une terre, d'un moulin, ou d'une maiſon. ...

LUCILE.

Mon Pere, trouvez bon que je me retire. J'ai un mal de tête affreux. *Elle s'en va.*

M. BREDASSIER.

Mademoiselle, Mademoiselle, cinq ou six moyens seulement pour vous éclaircir la chose.

M. GAUTIER.

Laissez-la aller, Monsieur : elle a quelquefois comme cela des migraines qui la tourmentent beaucoup. J'ai eu beau la prêcher de faire une neuvaine à Saint P. Elle en est la dupe.

M. BREDASSIER.

Puisque cela est ainsi je vais aussi prendre congé de vous ; car il faut que je me dispose à plaider demain une celebre cause au Parlement.

M. GAUTIER.

Peut-on sçavoir quelle est cette cause ?

M. BREDASSIER.

Le fait est assez singulier. Une femme Paralytique * qui demeure à une grande lieuë de Paris fait marché avec deux porteurs pour la porter à S. Paris ; & ne doutant pas qu'elle n'y fût guérie elle les paye d'avance. Mais voyant que la guerison ne venoit point , elle se fait reporter chez-elle. Ses Porteurs lui demandent une nouvelle somme. Elle la leur refuse disant qu'elle les a payés. Point ,

---

* Ce fait est réel , & on n'y a ajoûté que la circonstance du Procès.

difent-ils, car puifque vous comptiez d'ê-
tre guerie , notre marché ne pouvoit
être que pour vous porter, & non pour
vous rapporter. Grand débat, groffe dif-
pute. Enfin l'affaire eft au Parlement où
je dois plaider demain pour la Paralytique.

M. GAUTIER.

Voilà en effet une caufe affez finguliè-
re. Pour moi je vais voir ma Fille, &
tâcher de lui remettre la tête ; car je
crains bien que cette migraine ci ne foit
de commande. Les Filles ont fouvent
comme cela des migraines en poche.
Adieu Monfieur.

SCENE III.

M. BREDASSIER, M. GERMAIN.

M. BREDASSIER.

Voilà un Monfieur qui me paroît
étranger.

M. GERMAIN *à part.*

C'eft ici qu'on m'a dit que demeuroit
M. Gautier. Je ne fçais dequoi il s'eft
avifé depuis quatre ou cinq ans de prendre ce nom, au lieu de conferver celui

de Germain qui eſt le nom de la famille.
Mais n'eſt-ce pas lui que je vois ? Eſt-
ce à Monſieur Gautier que j'ai l'honneur
de parler?

M. BREDASSIER.

Non Monſieur, c'eſt à ſon gendre futur.

M. GERMAIN.

Quoi que je n'ai pas l'honneur de vous
connoître, je ſuis perſuadé que M. Gautier aura fait un très-bon choix dans votre perſonne.

M. BREDASSIER.

Il eſt vrai, Monſieur. Car je vous
répons qu'il n'y a gueres d'Avocats à
Paris qui faſſent plus de bruit au palais.
Je vais me diſpoſer à faire demain un
beau tintamarre. Venez m'entendre. *Il
s'en va.*

M. GERMAIN.

Helas! un ſoin plus preſſant m'occupe.
Il faut que j'éclairciſſe les ſoupçons qu'on
m'a donnez ſur la religion de Monſieur
Gautier.

SCENE IV.

M. GERMAIN *seul.*

O Ma chere Patrie que mon Pere à tant regrettée & pour laquelle j'ai tant foûpirée, je te revois, & le Ciel favorable m'a ramené dans ton fein. De quelle douce joie ne fuis-je pas penetré à la vûë de ces beaux lieux qui ont donné la naiflance à mes Ancétres ! Je crois fortir de captivité : il me femble que je reprens une nouvelle vie ; & je compte pour rien les années que j'ai paffées dans une terre étrangere. Comment mon Pere pût-il fe condamner lui - même à un exil éternel ! Funefte heréfie ! il n'y a point de fureur que tu n'infpires : il n'y a point de malheurs que tu ne caufes. Je revois ici l'ancien theatre de ta rage. De quels fleuves de fang n'as-tu point inondé ces Provinces ? Combien de familles n'as-tu pas exterminées ! Grand Dieu, détournes à jamais de la France ces terribles effets de ta colere.

SCE-

SCENE V.

M. GAUTIER, M. GERMAIN.

M. GAUTIER.

N'Est-ce pas Monsieur Kinsman que je vois ?

M. GERMAIN.

C'est lui-même.

M. GAUTIER.

Je suis charmé, Monsieur, de l'honneur que vous me faites, & je serai ravi d'apprendre de vous des nouvelles de mon cousin M. Germain.

M. GERMAIN.

Personne n'est plus en état de vous en dire. Il est en parfaite santé, & il regarde son retour en France comme l'événement le plus heureux de sa vie. Il ne lui manqueroit pour combler ses vœux que de retrouver son Fils.

M. GAUTIER.

Il faut espérer que le Ciel le lui rendra. Il me mande qu'il se fait Catholique.

M. GERMAIN.

Il est vrai, & l'occasion en est assez singuliere. Vous ne croiriez pas qu'il doit sa conversion à ces Moines fugitifs qui

D

se sont retirez en Hollande & en Angleterre.

M. GAUTIER.

Oh je n'ai pas de peine à le croire. Racontez-moi cela, je vous prie.

M. GERMAIN.

Voici le fait. Se trouvant en conversation avec deux ou trois de ces pieux Apostats, il les questionna beaucoup sur leurs sentimens ; & il trouva que quoiqu'ils se donnassent pour Catholiques, ils pensoient à peu près comme les Calvinistes sur la grace & la prédestination, sur l'autorité de l'Eglise, sur celle du Pape & des Evêques, & même sur quelques Sacremens.

M. GAUTIER.

Que dites-vous là ? cela n'est pas possible.

M. GERMAIN.

C'est la pure vérité, & tous vos Jansenistes de Hollande ne s'en cachent plus. Mais ce qui frappe le plus M. Germain, ce fût la passion, l'injustice & l'aigreur avec laquelle il les entendit parler de leurs adversaires & de toutes les Puissances Ecclesiastiques & seculieres. Il en fût scandalisé, & comme il sçait assez bien l'histoire du Calvinisme, il ne pût s'empêcher de faire reflexion que tels avoient pourtant été les premiers Apôtres de Calvin, Moines Apoftats, libertins & broüillons. Une Religion, dit-il en lui-même, fondée par de tels Apôtres peut-elle être vraye ? non, s'il y en a une vraye, c'est celle qui est combattue par de tels adverfaires. Agité par ces reflexions il balança encore quelque tems. Enfin Dieu le toucha & lui défilla les yeux. Il est aujourd'hui Catholique.

M. GAUTIER.

Je ne fçais, mais voilà une façon de converfion qui ne me plaît pas. Ce n'est pas que je fois Janfenifte moi. Je ne me mêle point des difputes, & je n'aime point les partis.

M. GERMAIN.

Est-ce bien fincerement que vous le dites Monfieur ?

M. GAUTIER.

Très-fincerement, je vous jure. Je veux qu'on s'attache à la verité, & je ne puis pas fouffrir qu'on maltraite ceux qui la défendent.

M. GERMAIN.

Je vous felicite de tout mon cœur d'avoir des fentimens fi raifonnables, & je ne fçaurois vous exprimer la joye que vous me caufez dans ce moment. Mais. . . oferois-je vous demander quels font ces deux buftes que je vois aux deux côtez de la porte de votre Salle.

M. GAUTIER.

Vraiment ce font deux grands hommes que vous devez connoître : car il font fort eftimez en Angleterre. Voilà S. Cyran, & voici Qefnel.

M. GERMAIN.

S. Cyran & Quefnel ! & vous n'êtes pas Janfenifte.

M. GAUTIER.

Non en verité ; mais j'honore le merite par tout où je le trouve.

M. GERMAIN.

Qu'entends-je ? Ah mes craintes ne font que trop juftifiées.

M. GAUTIER.

Que dites-vous Monfieur.

M. GERMAIN.

Je dis que fi c'eft le merite que vous honorez, vous auriez pû trouver en France des objets plus dignes de l'honneur que vous lui rendez. Je vous en nommerai deux cens dont vos deux buftes n'approchent pas. Qu'ont-ils donc fait de fi merveilleux ces deux hommes là ? S'ils n'avoient pas été Janfeniftes, on n'en auroit jamais parlé.

M. GAUTIER.

Vous m'étonnez Monfieur ; car on dit qu'on leur rend plus de juftice en Angleterre.

M. GERMAIN.

Il eft vrai, car les Proteftans les re-

gardent comme deux hommes qui éta-
blissant les mêmes principes que Lu-
ther & Calvin, n'ont pas eû le courage
d'en tirer les mêmes consequences, &
de se separer hautement de l'Eglise. Pour
ce qui est des Catholiques ils les regar-
dent comme deux heretiques justement
condamnés.

M. GAUTIER.

Que me dites-vous donc là ?

M. GERMAIN.

Est-ce que vous pensez ici autrement ?

M. GAUTIER.

Oh! je vous en reponds. Nous les re-
gardons ici comme deux fermes colom-
nes de l'Eglise, comme deux saints Docteurs suscités de Dieu dans ces derniers
tems pour soûtenir & fortifier l'Eglise
dans sa vieillesse contre les abominations
de la doctrine Moliniste & de la morale relâchée.

M. GERMAIN.

Et vous n'êtes pas Ianseniste ?

M. GAUTIER.

Non certes.

M. GERMAIN.

Monsieur, j'ai été Protestant autrefois, & alors je croyois comme vous
venez de dire que l'Eglise pouvoit vieil-
lir & devenir décrepite; mais c'est une erreur que j'ai abjurée avec toutes les autres.

D 3

M. GAUTIER.

Bon ! une erreur ! S. Cyran l'a dit formellement, & Quesnel aussi.

M. GERMAIN.

Oüi , mais ils ont été formellement condamnés par l'Eglise.

M. GAUTIER.

Belle condamnation , ma foi ! belle condamnation ! sçavez-vous bien que S. Cyran & Quesnel étoient deux très-honnêtes gens ?

M. GERMAIN.

Ie le veux croire ; mais je vous assure que l'Eglise est aussi une très-honnête personne.

M. GAUTIER.

Oh parbleu vous me parlez là une langue que personne ne sçait ici, & il me paroît que vous avez en Angleterre une façon d'être Catholique toute differente de celle de Paris.

M. GERMAIN.

A vous dire le vrai , il me le paroît aussi , & cela me fait peine. Car comme il n'y a surement qu'une seule & unique façon d'être Catholique , il faut que necessairement ou que nous autres Catholiques d'Angleterre & de toute l'Europe avec tout le nouveau monde, nous soyons hors de l'Eglise ; ou que vous autres Catholiques à la façon de

Paris ne foyez pas de l'Eglile. Ie n'y vois point de milieu.

M. GAUTIER.

Comment nous autres hors de l'Eglife! Eh fi Monfieur! vous ne fçavez donc pas que tous les Appellans & Reappellans, Quefnelliftes ou Ianfeniftes, tout comme vous voudrez les appeller, *font intimement & immuablement unis à l'Eglife.* Mais voici un de nos Docteurs qui va vous repondre comme il faut.

SCENE VI.

M. GAUTIER, M. GERMAIN, M. GONIN.

M. GONIN.

JE viens vous apprendre que Monfieur Caffart eft occupé à reffembler une troupe de gens gueris par S. Paris & que vous aurez la confolation de les voir tantôt ici.

M. GAUTIER.

J'en fuis bien-aile. Il faudra que Monfieur Kinfman les voye. Mais vous yenez

D 4

fort à propos pour me seconder un peu contre lui ; car il vient de me faire je ne sçais combien de raisonnemens Anglois auxquels je ne sçais que répondre.

M. GONIN.

Monsieur est Anglois ?

M. GAUTIER.

Et Catholique.

M. GERMAIN.

Apostolique & Romain.

M. GONIN.

Oh pour le Romain on vous en dispense, car il est vrai que nous nous disons Romains aussi, mais ce n'est qu'avec répugnance & une espece d'effort, parce que nous sentons bien dans le fond de l'ame que nous ne le sommes pas. C'est comme les Protestans qui se disent Catholiques quoi qu'ils sentent fort bien que ce nom ne leur convient pas.

M. GAUTIER.

Il n'y a rien de plus vrai. Ce nom de Romain me fait toûjours de la peine.

M. GERMAIN.

Vous me surprenez, Messieurs ; Car il me semble qu'aucun Catholique n'a jamais contesté qu'il falloit être uni dans la foi au Saint Siege ; au Siege de Rome qui est le centre d'unité de la foi Catholique.

M. GAUTIER *à M. Gonin.*

Que faut-il répondre à cela, Monsieur ?

M. GONIN.

Pau ! nous sommes bien loin de notre compte.

M. GAUTIER.

Fort bien. Je vous l'avois bien dit, M. Kinsman, Pau !

M. GERMAIN.

N'est-ce pas cet attachement de nos Peres à la foi du saint Siege & du Pape qui leur a attiré & qui attire encore à tous les Catholiques le nom de Papistes que les Protestans leur donnent ?

M. GAUTIER.

Cela est-il vrai, M. Gonin ?

M. GONIN.

Prrr ! c'est apparamment pour le huguenots que sonnent les Cloches de Notre-Dame !

M. GAUTIER *riant.*

Ah, ah, ah ! Prrr ! ma foi Monsieur l'Anglois, vous en tenez.

M. GERMAIN.

Mais enfin vous ne pouvez pas ignorer que c'est le sentiment unanime de tous les SS. PP. & de tous les Docteurs du monde.

M. GAUTIER.

Voyons la réponse.

M. GONIN.

Pff ! il n'y a qu'un mois que Monſieur Gautier préſentoit le pain beni, & il n'eſt pas Catholique !

M. GAUTIER.

Elle eſt ma foi bonne. Pff ; je ſerai même Marguilier l'année prochaine.

M. GERMAIN.

Meſſieurs, j'ai appris dans l'étude que j'ai faite de la Controverſe, qu'en tenant la foi du ſaint Siege on ne court aucun riſque, on eſt ſûr d'être dans la barque de Pierre.

M. GONIN.

Patata ! nages toûjours & ne t'y fies pas.

M. GAUTIER *riant.*

Ah, ah, ah ah ! cela eſt bien dit. Courage M. Gonin.

M. GERMAIN.

Il n'y a eu de ſauvez que ceux qui étoient dans l'arche.

M. GAUTIER.

Comment dans l'arche ! ah Monſieur Gonin, laiſſez-moi un peu répondre à celui-là, Monſieur, parlez-vous de l'arche du tems du déluge ?

M. GERMAIN.

Sans doute.

M. GAUTIER.

Pao ! il eſt bien à préſent queſtion du déluge. N'eſt-ce pas M. Gonin.

M. GONIN.

Fort bien Monsieur Gautier.

M. GAUTIER.

Ma foi Monsieur Kinsman, avoüez que nous sommes ici plus ferrés qu'en Angleterre ; & cela vient sans doute de ce que vous êtes là parmi des heretiques qui vous gâtent l'esprit.

M. GERMAIN.

Oüi Messieurs vos reponses sont assurément très-solides , & j'en sens toute la force. Prrr. patata ? cela est sans replique. Mais avoüez-moi aussi que votre façon d'être Catholiques à Paris est toute singuliere , & que vous êtes ici Catholiques comme on ne l'est sûrement point ailleurs.

M. GONIN.

Toute l'Eglise , Monsieur , est dans un aveuglement pitoyable, & la preuve en est plus claire que le jour , puisque nous en avons des miracles.

M. GERMAIN.

Parlez-vous , Monsieur, des miracles ridicules de votre S. Paris ?

M. GONIN.

Comment donc , Monsieur ! tout Paris les a vûs, tout Paris les croit & les revere.

M. GAUTIER.

Pour moi je ne les ai pas vûs ; mais

je me ferois hacher pour les foûtenir.

M. GERMAIN.

Diftinguons, s'il vous plaît, Mef fieurs, plufieurs Paris dans Paris. Il y a un Paris compofé de badauds & de ba daudes qui n'ont ni lumieres, ni fcien ce, ni difcernement, gens aifez à fé duire, que les fubtilités d'un charlatan & la moindre apparence de merveille ra viffent en admiration. Voilà le Paris qui croit vos miracles. Mais je vois un autre Paris qui n'en croit rien. Ce font toutes les perfonnes éclairées & fenfées, fans excepter même ceux de vos Janfeniftes que la paffion ou les préjugés n'aveuglent pas entierement. Voilà donc tout Paris ba daut & ignorant démenti par tout Paris fenfé & éclairé. Choififfez duquel des deux Paris vous voulez être.

M. GONIN.

Monfieur, Monfieur, vous n'oferiez venir à Saint Medard tenir de pareils difcours.

M. GERMAIN.

Oh je m'en donnerai bien de garde. Mais cette fureur populaire dont on a vû à S. Médard tant d'effets fcandaleux juf qu'aux pieds des Autels, n'eft-elle pas une preuve fenfible de la fauffeté de ces miracles ? Car comment ofez-vous les donner pour indubitables, lorfque vous

ôtez aux gens peu credules la liberté de
les examiner de près & de les critiquer?
Est-ce, ainsi que se faisoient les miracles
de l'Evangile ? Non, ils se faisoient en
presence des Scribes & des Pharisiens ennemis. Aussi les Juifs n'osant les contester
étoient reduits à les attribuer au Demon.
Voilà ce que j'appelle des Miracles ; mais
les vôtres n'ont pas même l'ombre de
réalité.

M. GAUTIER.

Eh bien Monsieur, vous les verrez de
vos yeux. M. Gonin, allez je vous prie
hâter M. Caffart.

M. GONIN.

J'y cours Monsieur.

M. GERMAIN.

Ce spectacle je vous assure, me paroît
fort peu interressant ; mais n'importe.
Je vais en attendant donner quelque ordre chez moi.

M. GAUTIER.

Adieu Monsieur, ne manquez pas de
revenir. (*Il rentre*)

SCENE VII.

VALERE, M. GERMAIN.

M. GERMAIN *s'en allant.*

O Ciel dans quelle maison allois-je établir ma niéce ! Quelle espece de Catholiques , autant valoit-il demeurer Protestant.

VALERE.

Monsieur , Monsieur.

M. GERMAIN.

Qui est-ce qui m'appelle ?

VALERE.

Un mot, s'il vous plaît.

M. GERMAIN.

Puis-je vous être bon à quelque chose ?

VALERE.

Helas! vous pouvez me rendre la vie. Je suis le fils de M. Gautier que vous venez de quitter. J'ai sçû de mon Pere qu'un parent que j'ai en Angleterre doit arriver incessamment avec sa niéce pour me la faire épouser, & que vous êtes ami de mon parent.

M. GERMAIN.

Cela est vrai.

VALERE.

Ah Monsieur, permettez-moi de vous conjurer par tout ce que vous avez de plus cher au monde de ne pas solliciter ce mariage, & d'en détourner mon parent. Ce discours vous étonne, parce le parti vous paroît sans doute très-avantageux pour moi, mais il faut vous avoüer que mon cœur est engagé ailleurs, & que rien ne peut...

M. GERMAIN.

Il suffit, Monsieur : j'entens tout le reste, mais soyez tranquile. C'est un projet qui ne s'executera pas.

VALERE.

Me dites-vous vrai?

M. GERMAIN.

Rien de plus certain ; & je vous en dirai volontiers la raison, quoique je ne l'aye pas encore dite à M. votre Pere. La voici. M. Germain de Londres devenu Catholique depuis un an n'apprehende rien tant que de ne l'être qu'à demi, parce qu'il est persuadé que c'est ne l'être pas du tout. Ce qu'il apprehende pour lui, il le craint encore plus pour sa niéce moins capable que lui de se défendre de la seduction. Or quand il trouvera M. votre Pere livré comme il est au parti Janseniste, & sa maison obsedée par des Docteurs de cette cabale, je suis sûr

qu'il ne pourra jamais se resoudre à exposer sa niéce à tomber dans le Jansenisme après avoir abjuré le Calvinisme.
Vous autres François vous trouverez sans
doute trop de délicatesse dans cette conduite. Vous croyez être Catholiques parce que vous vous dites tels. Mais nous
autres nouveaux convertis nous sommes
un peu plus scrupuleux.

VALERE.

Vous me ravissez, Monsieur, par les
assurances que vous me donnez & je sens
une joye que je ne sçaurois exprimer. O
charmante Isabelle ! je puis enfin me li-
vrer tout entier à l'esperance de vous
posseder. Adieu, Monsieur, je vous
rends mille graces.

M. GERMAIN.

Que vient-il de dire d'Isabelle ? auroit-
il vû ma niece, & en seroit-il déja devenu amoureux ? cela n'est guéres possible. Quoi qu'il en soit, mon parti est
pris, & je reviendrai bien-tôt le décla-
rer à Monsieur Gautier.

Fin du deuxiéme Acte.

ACTE

ACTE III.

SCENE PREMIERE.

M. GERMAIN *feul.*

C'En eft fait ; il faut me faire connoître à M. Gautier, & en lui dé-
clarant qui je fuis, lui apprendre les juftes
raifons que j'ai de renoncer à mon premier deffein. Helas ! il me traitera de ridicule, d'efprit foible & de caractere ou-
tré. Q'importe ? méprifons de vains difcours , & abandonnons un féjour défor-
mais trop dangereux. Quelle bizarrerie
dans nos deftinées ! mon Grand-Pere fe
refugia en Angleterre pour y profeffer li-
brement la Religion Proteftante , &
moi j'y retourne pour vivre en paix dans
la Religion Catholique. O Ciel ! comment les François fi bien inftruits par les
malheurs des fiecles paffez ofent-ils fe li-
vrer encore à l'efprit d'erreur !

E

SCENE II.

M. GAUTIER, M. GERMAIN.

M. GAUTIER.

AH Monsieur ! je suis charmé de vous revoir ! mais on vient de me faire sçavoir que nos miracles n'arriveront ici que dans une heure ou deux. Il faut que ayez la bonté d'attendre.

M. GERMAIN.

Je vous assure, Monsieur, que je ne suis nullement curieux de ce spectacle. On m'a assuré que ces prétendus miracles n'étoient que des impostures payées par une cabale pour séduire le peuple. Je sçais en particulier un Anglois * qui y joue, dit-on, son rôle avec beaucoup de succès, & comme il est de la connoissance de mon valet qu'il est venu chercher tantôt, je ne voudrois pas jurer que mon valet-même tout Protestant qu'il est, ne soit actuellement un des acteurs

---

* Tout Paris sçait qu'entre les principaux facteurs & convulsionaires de S. Paris il y avoit un Anglois qui avoit des convulsions pour obtenir la guérison de sa femme.

de la Scene, quoi qu'assurément il se porte mieux que vous & moi ; mais parlons
d'autre chose. Croyez-vous me bien connoître ?

M. GAUTIER.

N'êtes vous pas M. Kinsman ?

M. GERMAIN

Il est vrai, mais ce nom Anglois vous
trompe ; & vous ne sçavez pas que M.
Kinsman en Anglois est en François M.
Germain.

M. GAUTIER.

Quoi vous êtes Monsieur Germain?

M. GERMAIN.

Lui-même.

M. GAUTIER.

Mon Cousin M. Germain ?

M. GERMAIN.

C'est moi même.

M. GAUTIER.

Ah ! quel transport je ressens dans ce
moment que j'ai de joie à vous embras-
ser !

M. GERMAIN.

Je vous suis bien obligé de ces sentimens, & j'y réponds par l'amitié la plus
sincere ; mais,

M. GAUTIER.

Eh pourquoi ne vous êtes vous pas
fait connoître plutôt ?

E 2

M. GERMAIN.

J'aurois peut-être mieux fait de ne me
pas faire connoître du tout.

M. GAUTIER.

Comment donc ? Que voulez-vous
dire ?

M. GERMAIN.

C'eſt qu'il faut que je vous quitte, &
que je retourne en Angleterre.

M. GAUTIER.

N'avez vous point amené votre niece ?

M. GERMAIN.

Elle eſt ici , mais je la ramene avec
moi.

M. GAUTIER.

Quoi ! vous avez changé de penſée ?

M. GERMAIN.

Oüi.

M. GAUTIER.

Eh pourquoi ?

M. GERMAIN.

Helas !

M. GAUTIER.

Je ne comprens rien à un changement
ſi prompt. Vous eſt-il ſurvenu quelque
accident ? Vous avez l'air chagrin & rê-
veur. Ne me cachez rien je vous prie.

M. GERMAIN.

Voici le fait, Monſieur , nous avions
crû mon frere & moi que ma niece devenant votre belle fille trouveroit chez
vous un aſile contre l'erreur, & des exem-

ples qui l'affermiroient dans la foi Catholique qu'elle a embraffée depuis peu. Je vois avec chagrin mes efperances trompées. Votre maifon eft ouverte aux féducteurs : on y debite les plus dangereux principes ; on n'y reconnoît point les regles de la foûmiffion dûe à l'Eglife & aux Pafteurs : on s'y dit Catholique & on ne l'eft point. Trouvez bon s'il vous plaît que je n'expofe point ma niece à perdre l'avantage ineftimable qu'elle a d'être dans la vraye foi.

M. GAUTIER *riant.*

Ah, ah, ah, ah! voilà qui eft plaifant. Vous voulez rire affurement.

M. GERMAIN.

Non, Monfieur, je vous le jure.

M. GAUTIER.

Parbleu cela n'eft pas poffible. Ah, ah, ah, ah ! ne nous ferez-vous pas auffi figner la Conftitution & l'infaillibilité du Pape ?

M. GERMAIN.

J'ai prevû Monfieur, que ma fimplicité vous feroit pitié, & que vous ririez de ma délicateffe. Mais l'interêt de ma religion l'emporte fur moi ; & je vous parle fi ferieufement que je prens congé de vous & vous dis adieu.

E 3

M. GAUTIER.

Attendez donc, Monſieur, attendez. Que voulez-vous dire? eſt-ce que vous me prenez pour un heretique moi?

M. GERMAIN.

Il ne me convient point d'employer avec vous des termes odieux. Mais je vous avoüerai franchement que je ne vous croi pas Catholique.

M. GAUTIER *riant.*

Ah, ah, ah, ah! je ſuis donc heretique?

M. GERMAIN.

Vous en conclurez tout ce qu'il vous plaîra.

M. GAUTIER.

Moi heretique! heretique moi! eſt-ce pour tout ce que je vous ai dit tantôt? bon vous ne ſçavez donc pas que c'eſt là ce qu'on appelle à Paris être Catholique & Archicatholique? Oh! nous n'en voulons point d'autres dans ce Païs-ci.

M. GERMAIN.

Cela ſeroit fort bon ſi Paris avoit le droit de déterminer ce qui fait le Catholique & ce qui ne le fait pas; mais Paris ne tient dans l'Egliſe qu'un très-petit coin, dont l'exemple & l'autorité ne donneront aſſurement jamais la loi à tout le reſte. Mais il eſt inutile de diſputer. Je ne vous perſuaderai apparemment pas,

& vous ne me ferez pas non plus changer de sentiment. Ainsi permettez-moi
de prendre congé de vous.

M. GAUTIER.

Non, Monsieur, je ne souffrirai pas
absolument que vous nous quittiez comme cela. Car enfin ne vous rendrez-vous
pas si je vous fais voir des miracles?

M. GERMAIN.

Des miracles pour soûtenir l'erreur!

M. GAUTIER.

Oüi des miracles. Voilà ce qui m'a mis
malgré moi du parti de ces Messieurs.
Car tel que vous me voyez, j'étois auparavant presque aussi zelé Moliniste que
vous; mais quand j'ai vû des miracles,
Monsieur, quand j'ai vû des miracles,
oh parbleu j'ai changé de sentiment. Je
me suis déclaré hautement contre le Pape & les Evêques, & j'ai pris parti pour
la nouvelle doctrine.

M. GERMAIN.

Quoi vous avez vû des miracles?

M. GAUTIER.

Vû? Non pas tout à fait; mais c'est
comme si je les avois vûs, puisque tout
Paris les a vûs & les voit & les croit. En
un mot il ne tiendra qu'à vous de vous

en convaincre par vous-même. Il doit
venir ici des géns gueris. Ayez pour moi
la complaifance de fufpendre votre réfo-
lution jufqu'à ce que vous les ayez vûs.

M. GERMAIN.

Je le veux bien ; mais voici mes conditions. Puifque ce font ces prétendus miracles qui vous ont rendu Janfenifte, vous
ne devez pas héfiter de renoncer à ce
parti fi ces miracles font faux ; & en ce
cas-là non feulement je fufpendrai ma ré-
folution, mais j'executerai de tout mon
cœur mon premier deflein. Me promet-
tez-vous de changer de fentiment, fi en
examinant tantôt ces miracles, nous en
découvrons la fauffeté ?

M. GAUTIER.

Oh ! je ne ferai pas dans cette peine-
là. Venez venez toûjours.

M. GERMAIN.

J'y viendrai puifque vous exigez de moi
cette complaifance. Mais il faut que je
mene auparavant ma niece faire vifite à
une de fes amies pour lui dire adieu.

SCENE III.

M. GAUTIER, MATHURIN
avec un écritau.

M. GAUTIER.

EH bien mon enfant, m'apportes-tu
ce que je defire ?

MATHURIN.

Oüi. Velà d'abord l'écriteau du Carquan.

M. GAUTIER *lifant.*

Imprimeur de nouvelles Ecclefiafliques.
Quel tréfor ! on a donc confenti à te ce-
der ce précieux monument ?

MATHURIN.

Oüi, mais vous ne l'aurez pas volé ;
car il vous en coutera dix piftoles. *

M. GAUTIER.

Quoi ! on ne m'en demande que dix
piftoles ! ces gens-là font fous. Je leur
en aurois donné quarante.

---

* *C'eft un fait connu que lorfqu'un des Gazetiers*
Janfeniftes fût mis au Carquan, quelques bonnes a-
mes du parti acheterent affez cher l'Ecriteau & les cor-
des comme des précieufes reliques d'un Saint Confeffeur.

MATHURIN.

Ah oüi-dà ; & vous ne les aviez pas
hier pour les donner à votre Procureur
pour votre procès.

M. GAUTIER.

Voyez la belle comparaison !

MATHURIN.

Quel diantre voulez-vous donc faire
avec cette belle nippe là ?

M. GAUTIER.

Je veux lui faire faire un beau cadre
doré avec une glace, & l'exposer dans
l'endroit le plus apparent de ma maison.

MATHURIN.

Oh vous n'y êtes pas, Monsieur, vous
n'y êtes pas.

M. GAUTIER.

Comment je n'y suis pas ?

MATHURIN.

Non, vous dis-je ; car je lui ferois
bâtir moi une belle petite Chapelle tout
exprès, & j'y mettrois douze lampes tout
autour.

M. GAUTIER.

Non, non, ce que je veux faire suffit.

MATHURIN.

Et cette corde-là, Monsieur, la gardez-vous itou ?

M. GAUTIER.

Comment si je la garde !

MATHURIN.

Oh dame ! c'est que c'est un joli bijou.

M. GAUTIER.

Je ne la donnerois pas pour une chaîne d'or.

MATHURIN.

Voiez ce que c'est! mais Monsieur avec votre permission, combien donneriez-vous donc pour la corde d'un pendu?

M. GAUTIER.

Pour la corde d'un pendu?

MATHURIN.

Oüi, car du moins celle là on dit qu'elle porte bonheur.

M. GAUTIER.

Vas, si quelqu'un de nos Messieurs vouloit se faire pendre, je t'assure que j'acheterois bien cher de ses reliques.

MATHURIN.

Oüi, mais il m'est avis qu'il ne se presseront pas.

M. GAUTIER.

Et l'autre Piece que j'ai demandée, on ne te l'a pas donné?

MATHURIN.

Quoi! la perruque de ce Monsieur Quesnel *

M. GAUTIER.

Ma foi Monsieur n'achetez pas celle-là; car ils veulent la vendre trop cher. Ils en demandent cent pistoles.

* *Voyez la note ci-après.*

M. GAUTIER.

Cent pistoles! c'est bien cher en effet, mais n'importe il faut que je l'aye.

MATHURIN.

Eh fi donc Monsieur ; c'est une vielle tignasse qui ne vaut pas quatre deniers.

M. GAUTIER.

Pauvre sot ! que tu comprens peu le prix de cette piece là !

MATHURIN.

Mais où diantre prenez-vous cent pistoles pour acheter ça.

M. GAUTIER.

C'est ce qui m'embarasse ; mais attends... J'ai là haut un reliquaire qui est très-precieux , comme tu sçais , non seulement par les reliques qu'il contient, mais encore par la matiere qui est d'or.

MATHURIN.

Misericorde , Monsieur ! eh je vous ai oüi dire que c'étoit un present qu'un Pape avoit fait à un de vos grands-peres.

M. GAUTIER.

Justement : cela vient de Rome & d'un Pape , & c'est pour cela que je ne me soucie pas de le garder. Ainsi tu n'as qu'à le porter à cet homme, & donnez-le lui pour la perruque. Je gagnerai au change.

MATHURIN.

Oüi ma foi , voilà un profit tout

clair. Mais si pourtant il n'estime pas ce
reliquaire-la cent pistoles, il demandera
du retour. Qu'est-ce que vous lui don-
nerez ?

M. GAUTIER.

Ma foi je n'en sçais rien. Attends....
je songe que j'ai encore là haut un por-
rait de feuë ma femme qui vaut de
l'argent, tu n'as qu'à le donner.

MATHURIN.

Quoi Monsieur, vous troquerez comme ça. C'étoit une si bonne femme, &
vous l'aimiez tant.

M. GAUTIER.

Oüi je l'aimois en effet, & son souvenir m'est encore cher. Mais que veux
tu que je fasse ? cette perruque est une
piece qu'il ne faut pas manquer. L'en-
here va s'y mettre, & je donnerois
tout pour l'avoir. Va-t'en vîte, & fais
ce que je te dis.

MATHURIN *s'en allant.*

Allons donc, mais le cœur me saigne,
& je vois bien que si Dieu n'y met la
main, mon maître va devenir fou.

SCENE IV.

M. GAUTIER, UN MARCHAND
d'Images.

M. GAUTIER

AH voici notre imagier. Eh bien,
Monsieur, nous apportez-vous quelque chose de neuf.

LE MARCHAND.

Oüi j'ai des estampes admirables que
vous n'avez point encore vûës. Vous n'avez qu'à les parcourir l'une après l'autre.

M. GAUTIER *prenant un paquet.*

Qu'est-ce que c'est celle-ci ?

LE MARCHAND.

Ce sont les communes, & on les trouve par-tout affichées dans Paris. C'est le
portrait de Quesnel, celui de Jansénius,
de S. Cyran, d'Arnaud, de M. d'Utrecht
& de quelques autres, avec des vers à
leur loüange. Ce sont là les images sérieuses. Remarquez comme ils ont tous
l'air dévot & tendre. Mais voici les plaisantes. C'est Escobart avec un air hideux
& tetrique, son confrere Molina avec
son nés retroussé & son bonnet à trois

cornes. Cela fait beaucoup rire ; mais
voici les belles. Regardez celle-ci.

M. GAUTIER.

Oh ! oh ! elle me paroît bien historiée.
Qu'est-ce que cela represente.

LE MARCHAND.

Je vais vous l'expliquer. Vous voyez
bien ce grand pont sur cette riviere qui
est large & profonde.

M. GAUTIER.

Oüi, mais quelle est cette longue procession qui marche sur le pont & qui tombe dans la riviere.

LE MARCHAND.

Ne le voyez-vous pas ? ce sont les Con-
stitutionnaires. A la tête de la procession
on portoit pour étendart la Constitution.
Ces quatre Papes la suivoient avec tous
les Cardinaux , le Concile Romain &
tous les Evêques de l'Eglise. Ensuite
voilà tout le Clergé du second ordre qui
suit en foule, ignorant ce qui est arrivé
à ceux qui les précédoient. Le Clergé est
suivi de toutes les Universitez & de tous
les Ordres Religieux. Mais qu'est-il arrivé?

M. GAUTIER.

Voyons, voyons.

LE MARCHAND.

Tandis que les Papes & toute l'Eglise
marchoient en triomphe sur le pont , qua-

tre Docteurs, deux ou trois Evêques, & un Moine tous François, travailloient à saper le pont. Tenez vous voyez qu'ils ont encore les outils à la main. Ils en sont venus à bout ; & patatra voilà les quatre Papes dans la riviere avec les Cardinaux & toute leur suite. La Constitution est noyée : sauve qui peut. Voyez voyez comme les Iesuites barbottent pour se sauver à la nage. On diroit que c'est sur cela qu'on a fait ce couplet si inge-nieux. *Ils sont chûs dans la riviere.*

M. GAUTIER.

Mais qu'est-ce que je vois là dans ce coin.

LE MARCHAND.

Justement. C'est S. Pierre qui vient dans sa nacelle pour empêcher l'Eglise noyée ; mais il a beau ramer & faire ef-fort pour aborder : il est entraîné par le courant & toute l'Eglise est à vau-l'eau

M. GAUTIER.

Il faut avoüer que cela est joliment imaginé. Voyons-en une autre

LE MARCHAND.

Tenez Monsieur, voyez-vous ces deux bâtimens ? en voilà un lourd massif & antique, déja ruïné & tombant en pie-ces : c'est l'Eglise de Rome. Remarquez comment les Jesuites en s'efforçant d'en

soûtenir

ſoûtenir les débris ſont écraſés ſous les ruines. Voilà le Pape à une fenêtre qui appelle du ſecours ; mais perſonne ne l'entend, & un Chanoine François lui répond par la chanſon : *voilà comme à Paris on ſe rit de Rome.* Il n'y a rien de plus joli que cela.

M. GAUTIER.

Cela eſt vrai.

LE MARCHAND.

Mais remarquez à preſent l'Egliſe de France qu'on bâti de ce côté ci. C'eſt, comme vous voyez, un bâtiment à la moderne, d'une architecture legere & degagée, dans le goût François. Voyez avec quelle ardeur tous ces gens travaillent à élever l'édifice, hommes & femmes pêle mêle avec des Prêtres & des Moines, s'encourageant les uns les autres, & s'excitant au travail. Voilà les Curés du Dioceſe de Sens qui portent la hotte : ceux d'Orleans qui ſervent la Gruë. Voici les Ecrivains de M. de M. qui gâchent du mortier : des Moines blancs qui pilent du plâtre, des Moines noirs qui font les forgerons, & ainſi du reſte.

M. GAUTIER.

Je ne vois pas là les chefs de l'entrepriſe.

F

LE MARCHAND.

Ils n'ont garde d'y paroître. Ils travaillent ſous terre , partie par humilité, partie par prudence , & en partie auſſi parce que comme l'Edifice n'eſt pas bien ſolide , ils ſont obligés de l'étançonner à tous momens. Ceux que vous voyez là ſervir de Picqueurs, ce ſont des Peres de l'Oratoire & des Curés de Paris. Ceux-là ne ſe cachent pas. L'auteur des nouvelles Eccleſiaſtiques ici dans ce réduit obſcur tient le journal des travaux , & Madame Perrette tire de ſa boëte dequoi payer les ouvriers. Ce qu'il y a de plaiſant, c'eſt que voilà, comme vous voyez, les Avocats qui ſe ſont emparés du haut du bâtiment : les Curés du rés de chauſſée : de ſorte que les Evêques ſeront obligés de coucher dehors.

M. GAUTIER.

Cela eſt fort plaiſant. Voyons, voyons encore.

LE MARCHAND.

En voici une qui plaît à beaucoup de gens , ſur-tout à nos Dames : c'eſt comme dit ſon titre : *la veritable image de l'Egliſe.* Voilà, comme vous voyez, un amphitheatre bien garni. Mais remarquez d'abord comment on chaſſe de l'aſſemblée les ſept pechés mortels repréſentez ſous des figures ſimboliques.

M. GAUTIER.

Cela veut-il dire que ceux qui sont en
peché mortel ne sont pas de l'Eglise?

LE MARCHAND.

Sans doute, c'est un article de foi de
notre Eglise.

M. GAUTIER.

J'apprends tous les jours quelque chose de nouveau ; car cela n'est pas dans
le catechisme. Mais ne sont-ce pas quatre Papes que je vois là étendus par terre au pied de l'amphitheâtre ?

LE MARCHAND.

Oüi ce sont les Papes Libere, Vigile,
Honorius & Jean 22. Ils sont tombés du
haut en bas de l'amphitheâtre. L'un a la
cuisse cassée, l'autre a l'épaule démise,
& le pauvre Libere s'est cassé le col.

M. GAUTIER.

Cela est charmant.

LE MARCHAND.

Mais admirez sur-tout comme tous les
rangs sont bien disposés sur l'amphitheatre. On a coutume de donner le premier
rang au pape comme au Chef de l'Eglise. Cela est juste ; mais lui donner un
rang à part qui l'éleve au dessus des autres, comme on faisoit autrefois, cela
seroit ridicule aujourd'hui. Ainsi vous
voyez qu'on l'a placé sur le premier banc,
au milieu, parce qu'il est comme on

F 2

dit, *Primus inter Pares* ; mais on a des Evêques à ses côtés qui sont de plein pied & de niveau avec lui.

M. GAUTIER.

Cela est bien, mais je voudrois qu'on y eût aussi placé des Curés.

LE MARCHAND.

Pourquoi des Curés ?

M. GAUTIER.

C'est que dans un ouvrage nouveau (*a*) que j'ai lû, on soûtient, comme vous venez de dire, que les Evêques sont égaux au Pape, (*b*) & on prouve en même tems que les Curés sont égaux aux Evêques : (*c*) par conséquent les Curés sont égaux au Pape.

LE MARCHAND.

Votre reflexion est bonne, & il faudra bien qu'on en vienne là ; mais en attendant devinez qui sont ces Evêques qu'on a mis là à côté du Pape ?

M. GAUTIER.

Que sçais-je moi ? ce sont peut-être des Evêques d'Italie ou d'Espagne. Tous les Evêques ne sont-ils pas bons pour cela ?

(*a*) *Les Sarcelies* (*b*) *Pages 22. 23.* (*c*) *Pages 5. & 6. de l'Avertissement. Ces deux dogmes sont en mille autres endroits des ouvrages Jansenistes.*

M. GAUTIER.

Fi donc, compte-t'on pour quelque chose les Evêques de ce Pays-là ? Voilà M. l'Archevêque d'Utrecht, voilà M. de S. Voici M. de M. & un autre qu'on ne nomme pas, quoi qu'il ne soit gueres moins estimable que les autres.

M. GAUTIER.

Ah ! ah ! le Pape n'est-il pas un peu étonné de se voir dans cette compagnie là ?

LE MARCHAND.

Vraiment ! il voudroit bien s'en debarasser. Mais il a beau faire. Voyez comment ils s'accrochent & se tiennent au S. Siege. Ils sont attachés & unis au Pape malgré lui.

M. GAUTIER.

Mais pourquoi ne sont-ils que quatre ?

LE MARCHAND.

Bon ! il y en a encore trois de trop. Ne sçavez-vous pas que c'est un principe de notre Eglise que ni la pluralité, ni même tout le corps des Evêques n'a nulle autorité dans l'Eglise, pourvû qu'il y en ait seulement un ou deux qui les contredisent. (*a*) Aussi voyez-vous que leurs places sont prises par les Prêtres, surtout par les Appellans. Voilà même des

F 3

(*a*) *Lettre de M. de Montpellier au Roi.*

Avocats & d'autres laïcs qui se sont mêlés parmi eux, comme vous voyez aussi des femmes assises parmi les Docteurs. Cela fait un Concile le plus joli du monde ; & si ces figures là pouvoient parler, Dieu sçait si vous entendriez un beau ramage.

M. GAUTIER.

Il me semble que voilà bien des symboles qu'on a donnés à plusieurs de ces personnages.

LE MARCHAND.

Oüi. Lisez cet écriteau. *Libertés de l'Eglise Gallicane* : c'est un Avocat qui le tient. Voilà des Curés qui portent des crosses, & des Abbesses qui portent des mitres. Voilà des Laïcs qui tiennent l'encensoir. Voilà une femme qui tient un Saint Augustin. Et voilà une autre habillée en habits sacerdotaux pour dire la Messe ; & toute cette multitude qui occupe les derniers rangs porte les clefs à la main, comme on en donne à Saint Pierre, pour marquer que la jurisdiction de l'Eglise reside dans tout le corps des fideles, & non pas dans les seuls

Pasteurs. (a)

M. GAUTIER.

Attendez donc, je ne vois pas là beaucoup de Moines.

LE MARCHAND.

Pardonnez - moi : voilà des Moines
noirs ; en voilà quelques blancs, & des
noirs & blancs. Mais prétendez-vous y
trouver des Augustins, des Franciscains,
des Minimes, des Jesuites, des Thea-
tins & tous les autres ? Tous ces gens là
ne sont pas de l'Eglise. Mais , Monsieur , ce que vous voulez que je vous
laisse : car l'heure me presse d'aller quelque part où j'ai promis.

M. GAUTIER.

Ah de grace, Monsieur , montrez-moi
vos autres estampes ; car elles m'amu-
sent infiniment.

LE MARCHAND.

Depêchons donc : tenez voilà un jeu
d'escarpolete assez plaisant. Vous voyez
sur le bout de cette poutre le Pape avec
tous les Evêques entassés les uns sur les
autres ; & en bas une multitude infinie

F 4

(a) *Consultation de M M les Avocats pour M. de
Senez.*

*Representations iustes & respectueuses à nos Seigneurs
les Cardinaux, Archevêques & Evêques assemblés ex-
traordinairement.*

de Prêtres & de Docteurs qui tirent de toutes leurs forces. Naturellement ce bout là devroit emporter l'autre où il n'y a que deux Evêques d'une figure assez mince : point du tout ; ce sont ces deux ci qui emportent les autres ; & qui pesent le plus. En voici une autre qui represente la sainte fuite.

M. GAUTIER.

Qu'est-ce que c'est que la sainte fuite ?

LE MARCHAND.

Comment vous ne sçavez pas qu'on appelle ainsi la pieuse apostasie des Moines d'Orval & des Chartreux de Paris ? on en en doit instituer une fête dans le nouveau calendrier de notre Eglise. Voyez vous ici comment les Chartreux descendent de leurs murs par une échelle, & qu'à mesure qu'ils descendent, des Dames charitables leur mettent des habits rouges & des chapeaux bordés. Les premiers sont déja en chemin pour se rendre en Hollande, & voici la pieté & la foi qui les invitent en leur montrant à Utrecht un Monastere tout brillant de lumiere & tout embrasé du feu de la charité ; tandis que la Chartreuse de Paris demeure couverte de tenebres épaisses où le diable se cache pour souffler le poison de la soûmission à l'Eglise & de la fidelité aux vœux de religion.

M. GAUTIER.

Est-ce là tout ?

LE MARCHAND.

En voici encore deux. L'une represente le glorieux triomphe de ce Saint
Confesseur qui fut mis au carquan, &
l'autre le cimetiere de S. Medard ou le
tombeau de S. Paris. Voyez-vous cette
femme étenduë sur le tombeau ? Elle est
si peu maîtresse d'elle-même dans la fer-
veur de ses convulsions qu'elle ne garde
pas toutes les bienseances. (a) Ce Prêtre psalmodiant qui la regarde en a l'ame
attendrie de devotion & voilà à ses côtés
une jeune fille qui en psalmodiant avec
lui ne peut s'empêcher de rire sous cappe.
Mais je n'ai pas le tems de vous expliquer tout cela & vous le comprendrez
assez par vous-même.

M. GAUTIER.

Oh ça., envoyez moi douze estampes
de chaque espece pour en faire présent à
diverses personnes, & je vous payerai la
premiere fois. Adieu Monsieur.

(a) *C'est un fait notoire & qui a scandalisé tout*
Paris, que des femmes & des filles se sont données en
spectacle sur le tombeau d'une maniere si indecente que
les yeux les moins chastes en étoient blessés. La circon-
stance qu'on a ajoûtée d'un Prêtre psalmodiant avec u-
ne jeune fille qui sourit à chaque saut perilleux d'une
sauteuse, est attestée par des temoins oculaires dignes de foi.

SCENE V.

M. GAUTIER, MATHURIN.

M. GAUTIER.

EH bien , Mathurin , avons nous la
sainte perruque ? (*a*)

(a) *Dom Thiery Benedictin décrit ainsi sa reception
en Hollande.*
„ Telle sût mon cher , mon entrée triomphante
„ en Hollande. Admirons Dieu & le remercions.
„ Qu'il fait bon souffrir pour la verité & la justice :
„ je vous avoüe qu'il ne me souvient pas d'avoir sen-
„ ti de ma vie une si douce consolation. Elle au-
„ gmenta de beaucoup lorsqu'après le diner on me
„ logea dans l'appartement de mon glorieux Pere
„ Quesnel de sainte memoire, qu'on me donna son
„ lit sur lequel il est mort & où je repose si bien ,
„ & que m'ayant abandonné tous ses meubles , on
„ me confia encore son cabinet pour y travailler ,
„ & où je vous écris au milieu de ses livres & de
„ ses papiers dont je suis le maître ; aussi-bien que
„ de tous ceux qui sont dans la maison. J'ai actuel-
„ lement une de ses perruques sur la tête , & je res-
„ pire à longs traits l'air salutaire qu'il a sanctifié :
„ jugez si je suis à plaindre. Cela vaut-mieux que ma
„ Patrie. „ *Lettre de Don Thyerry dans la* 5. *Lettre
de Paul Hoynick ad Erkelium.*

MATHURIN.

Oüi, voyez la belle toifon ! mais vous aviez bien raifon de dire que l'enchere s'y mettoit ; car j'y ai eu bien de la peine.

M. GAUTIER.

Comment donc cela ?

MATHURIN.

Comment ! Parguienne c'eft que drès là que je l'ai eu prife, & mife dans ma poche, voilà-t'il pas qu'il eft venu une grande Madame qu'ils appelloient Madame la Ducheffe de... je ne fçais plus fon nom, qui la vouloit avoir itou, & qui difoit comme ça qu'elle vouloit s'en faire un chignon. * Oh dame ! j'ai tenu bon moi ; & l'homme lui a dit comme ça qu'il me l'avoit baillé ; mais qu'il lui donneroit de vieux rabats de ce M. Quefnel pour s'en faire une Palatine. Ça l'a un peu reconfolée.

M. GAUTIER.

Donnez-la moi. O refte precieux du plus grand homme de nos jours !

MATHURIN.

N'eft-il pas vrai que velà une belle relique.

---

* Je pourrois citer quelques Dames Janfeniftes de Paris qui ont eu l'extravagance de fe coëffer dans un goût à peu près femblable.

M. GAUTIER.

Oüi Mathurin : croirois-tu bien que toutes les parures mondaines brillent moins à mes yeux.

MATHURIN.

Oh Dame oüi, ça treluit diablement. Morgué j'enrage.

M. GAUTIER.

Que j'aurai de joie à la porter !

MATHURIN.

Que j'aurois de plaifir moi à la jetter au feu !

M. GAUTIER.

Mais je n'ai garde de la mettre à tous les jours. Je ne la veux porter que les jours de grande fête.

MATHURIN.

Oh oüi , fur-tout le mardi gras. Ca fera un Carême-prenant.

M. GAUTIER.

Voyons , effayons-la. Met la moi fur la tête.

MATHURIN.

Pardi Monfieur , attendez donc que je la peigne.

M. GAUTIER.

La peigner ! donne-t'en bien de garde. Ne vois-tu pas que ce mauvais ordre où elle eft releve fon éclat ?

MATHURIN.

Eh fi Monfieur, je vous dis moi qu'elle reffemble à un vrai nid de pie.

M. GAUTIER.

Tu es un fot. Mets la moi fur la tête,
te dis-je..... là .... eft-elle comme il faut?
eft-elle bien droite ?

MATHURIN.

Là velà comme de cire, (*riant*) Ah,
ah , ah !

M. GAUTIER.

De quoi ris-tu? eft-ce qu'elle ne me
fait pas bien? je fuis fûr qu'elle me donne un air charmant.

MATHURIN.

Oüi ma foi : vous reffemblez un Sor-
cier qui vient du fabat.

M. GAUTIER.

Attends. Qu'eft-ce que je reffens? tout
mon fang, je penfe, eft agité d'un mouvement extraordinaire. Mathurin , vîte-
ment un fauteüil, un fauteüil.

MATHURIN *approchant un fauteüil.*

Qu'eft-ce qu'il y a donc , Monfieur ?
eft-ce que vous vous trouvez mal?

M. GAUTIER.

Un fauteüil, te dis-je, un fauteüil. *il
s'affied.* Ah! .... ouf.... ahi.

MATHURIN.

Eh bien, Monfieur, quelle mouche
vous pique.

M. GAUTIER.

Ouf...... je crois que j'ai des convulfions.

MATHURIN.

Des confuffions ! Quel mal eft ça ; Monfieur ?

M. GAUTIER.

Mais-toi , ignorant, c'eft un miracle.

MATHURIN.

Vous verrez que c'eft cette vilaine per-ruque-là. Eh ! que ne la jettez-vous donc vîte, Monfieur ?

M. GAUTIER.

Je m'en garderai bien. Ah ! fi j'étois affez heureux pour avoir des convulfions , voyons pourtant fi je ne me trompe pas.... *il bâille.* a a !

MATHURIN *bâillant par imitation.*

Ma foi Monfieur..... a a... voilà auffi les confuffions qui me prennent. Pefte foit de la perruque.

M. GAUTIER *éternuant.*

Atche !

MATHURIN.

Bon cela.

M. GAUTIER.

Atche !

MATHURIN.

Dieu vous beniffe, Monfieur.

M. GAUTIER.

Atche !

MATHURIN.

Courage. Pardi velà une pauvre per-ruque. Eft-ce là tout ?

M. GAUTIER.

Oüi ; mais il me femble que je fens

des inquietudes dans les jambes. *il remuë les jambes.* Tiens vois comme elles vont.

MATHURIN.

Eh pardi comment n'iroient-elles pas puisque vous les remuez ? mais tenez-vous un peu ferme, là, comme ça. Vous voyez bien qu'elles ne vont plus.

M. GAUTIER.

Cela est vrai, mais je pense que mes bras veulent aller aussi. *Il remuë les bras, & en les agitant, il donne à Mathurin un coup dans le visage. ***

MATHURIN.

Diable soit de vos confussions ! voilà-t'il pas un beau miracle de me casser la machoire ! allez, Monsieur, tout cela ne sert de rien. Est-ce que si je veux remuer les jambes & les bras, je ne le ferai pas bien itou ? tenez.... voyez.... & si pourtant je n'ai pas de perruque.

M. GAUTIER.

Je croi que tu as raison. C'est une imagination que j'ai euë. Redonnez-moi ma perruque, & portez-celle-là dans mon armoire.

M. GAUTIER.

Eh non, Monsieur, vous dis-je, ça

---

* *Les Convulsionnaires de S. Paris avoient la malice d'en faire autant à ceux qui s'approchoient trop près pour les regarder*

n'eſt bon qu'à faire un épouvantail de chenevière.

M. GAUTIER.

Mathurin, encore une fois, tu temê-les de raiſonner, & tu n'és qu'une bête. Je ne voudrois pas pour beaucoup ne pas poſſeder ce tréſor-là.

MATHURIN *reportant la perruque.*

Ce tréſor-là ! oh bien, bien, ſi vous perdez votre Procès, nous verrons ſi vous trouverez dans ce tréſor-là dequoi payer les dépens.

M. GAUTIER.

Mais il me ſemble que ces miracles tardent bien à venir. Il eſt pourtant im-portant que M. Germain les voye. Par-bleu ſi je lui faiſois changer de ſentimens je ferois là une belle converſion. Il faut que j'aille dans mon cabinet l'attendre.

Fin du troiſiéme Acte.

ACTE

ACTE IV.

SCENE-PREMIERE.

M. GERMAIN , ISABELLE.

M. GERMAIN.

Oui , ma niece , c'est un point ré-
solu , & vous êtes trop raisonnable
pour ne pas l'approuver. Il faut pour l'in-
térêt de notre religion retourner en Angleterre.

ISABELLE.

Soyez persuadé , mon cher oncle , que
je suivrai aveuglement toutes vos volon-
tés. Mon devoir m'y oblige , la recon-
noissance m'y engage , & d'ailleurs comme je ne connois pas l'époux que vous me
destinez , je n'aurai aucun regret de le
perdre.

M. GERMAIN.

Je vous avoüerai moi que j'y ai quelque regret ; car j'ai vû Valere , & il

m'a paru fort aimable. Mais il ne faut
plus y songer.

ISABELLE *à part.*

Valere ! juste Ciel ! (*haut*) Quoi
l'époux que vous me destinez se nomme
Valere ?

M. GERMAIN.

Oüi, le fils de M. Gautier.

ISABELLE.

Mais vous m'avez toûjours parlez du
fils de M. Germain.

M. GERMAIN.

Il est vrai, mais il faut que vous sça-
chiez que M. Germain notre Parent a
pris depuis quelques années dans ce Païs-
ci le nom de M. Gautier, & comme
j'avois de la peine à m'accoûtumer à ce
noûveau nom, vous m'avez toûjours en-
tendu l'appeller M. Germain.

ISABELLE *à part.*

O Ciel ! qu'entends-je ? c'est Valere
qui m'étoit destiné ; c'est Valere que je
perds !

M. GERMAIN.

Que dites-vous, ma niece. Qu'avez-
vous, vous pâlissez, ce me semble : vous
trouvez-vous du mal ?

ISABELLE.

Non, Monsieur ce n'est rien : c'est un
éblouïssement d'un moment.

M. GERMAIN.

Après tout , ce qui me fais moins re-
gretter Valere , c'est qu'il m'a declaré
que son cœur , étoit engagé ailleurs , &
que rien ne pourroit le faire resoudre à
vous épouser.

ISABELLE.

Il vous l'a dit ?

M. GERMAIN.

Oüi , & il m'en a même tantôt parlé
avec beaucoup de vivacité.

ISABELLE.

Ah ! l'ingrat ! il m'a trompé. Ou-
blions un perfide : il est indigne de mon
amour. (*haut*) Allons , Monsieur , je
vous le repete encore : je suis disposée à
vous obéir , & à partir quand il vous
plaira.

M. GERMAIN.

J'en suis charmé , ma niece , mais puisque nous sommes venus pour dire adieu
à votre amie , il est juste de la voir. Lo-
ge-t'elle près d'ici ?

ISABELLE.

C'est ici même.

M. GERMAIN.

Quoi c'est ici ? c'est donc la fille de
M. Gautier ?

ISABELLE.

Il faut que ce soit elle - même , & je
vois par ce que vous venez de m'appren-

G 2

dre que Lucile mon amie eſt auſſi ma
parente.

M. GERMAIN.

La rencontre eſt ſinguliere.

SCENE II.

M. GERMAIN, VALERE, ISABELLE.

VALERE.

Que vois-je? Iſabelle avec cet étranger! Monſieur, oſerois-je vous demander où vous conduiſez cette aimable
perſonne ?

M. GERMAIN.

Chez vous - même. Elle vient rendre
viſite à votre ſœur.

VALERE.

Pardonnez ma curioſité; mais apprenez - moi de grace quel interrêt vous y
prenez.

M. GERMAIN.

L'interêt qu'un Oncle prend pour une
niece dont le ſort lui eſt confié.

VALERE.

Quoi c'eſt vous ! Ah Monſieur que

cette rencontre est heureuse pour moi ! car il faut vous l'avoüer. J'ai eu la teme- rité de porter mes vœux jusqu'à elle, & si vous avez la bonté de les approuver, vous me rendrez le plus heureux des hommes.

M. GERMAIN.

Vous m'étonnez, Valere. Souvenez- vous que vous m'avez tantôt declaré que votre cœur étoit engagé, & que vous ne pouviez vous résoudre à épouser la pa- rente qui vous étoit destinée.

VALERE.

Il est vrai, & je suis encore prêt d'en faire serment.

M. GERMAIN.

La voilà cette parente. C'est Isabelle elle même.

ISABELLE.

Oüi, Valere, c'est moi que vous trahis- sez. Car il faut, Monsieur, vous l'avoüer à mon tour. Depuis le peu de jours que je suis ici, Valere a trouvé l'occasion de me voir : il m'a persuadé qu'il m'aimoit ; & moi sans le connoître, je commen- çois à me plaindre en secret du sort qui me destinoit à un autre qu'à lui. Mais s'il dement aujourd'hui ses sermens, il n'au- ra pas la gloire de triompher de ma foi-

G 3

blesse. Un ingrat ne merite que des mépris & non des regrets.

VALERE.

Qu'entends-je ? juste Ciel ! Isabelle ! Monsieur ! dans quel étonnement me jettez-vous ? Tous mes sens sont interdits charmante Isabelle ! moi vous tromper par de faux sermens ! moi cesser un moment de vous aimer ! fut-il jamais un reproche moins merité ? ah ! de grace permettez-moi de vous expliquer la cause d'une erreur si fatale à mon amour.

M. GERMAIN.

Laissez moi ce soin, Valere. J'avois déja tantôt conçû quelque soupçon de ce que je vois dans ce moment, & l'explication de ce mystere n'est pas difficile. Lorsque vous m'avez parlé tantôt, sans doute vous ne croyez pas parler à Monsieur Germain.

VALERE.

Eh ! pourrois-je le croire, puisque vous vous nommiez Monsieur Kinsman ?

M. GERMAIN.

Et lorsqu'on vous a parlé d'épouser une parente, vous ignoriez que ce fût Isabelle ?

VALERE.

Eh ! comment l'aurois-je sçû, puisqu'on me difoit que cette Parente étoit encore en Angleterre.

M. GERMAIN.

C'eft donc la parente inconnuë non pas Ifabelle que vous refufiez ; & dans ce refus même, c'eft Ifabelle que vous aimiez.

VALERE.

Je n'ai jamais eu d'autre penfée. Il ne me refte plus, Monfieur, qu'à vous conjurer de ne pas differer mon bonheur. Mon Pere a accepté avec joie la propofition que vous lui en avez faite, & je me flatte qu'Ifabelle y confentira.

M. GERMAIN.

Ecoutez-moi, Valere, à mon tour. Ne vous fouvenez-vous plus de ce que je vous ai dit tantôt : que M. Germain ne pourroit confentir à ce mariage.

VALERE.

Ah ! que me dites-vous ?

M. GERMAIN.

Il eft trop vrai. Le Ciel même fembloit approuver mon deffein par l'inclination qu'il vous a infpirée, & que vous avez prife l'un pour l'autre fans vous connoître. J'en fuis touché, Valere, je l'avoüe. J'approuve votre amour, mais je

le plains. Car un obstacle invincible s'op-
pose à votre bonheur. Votre Pere est livré à un parti ennemi de l'Eglise & de
l'Etat. Je ramene ma niece en Angleterre.

V A L E R E.

Ciel ! que m'apprenez-vous ? vous la
ramenez en Angleterre ! ah ! permettez-
moi donc de la suivre. Rien ne peut m'en
separer ; & si je la perds , il faut que je
renonce à la vie.

M. G E R M A I N.

Ne songez point à nous suivre. , Valere, ; cela ne se peut. La seule esperance qui vous reste, c'est que votre Pere
change de conduite & de sentimens; &
la chose n'est peut-être pas impossible.
Car comme il ne s'est fait Janseniste que
sur la foi de quelques miracles prétendus,
s'il découvre la fausseté de ces miracles,
je ne desespere pas de le voir changer.
Or il attend ici quelques-uns de ces gens
soi disant guéris pour les examiner : il
m'a prié de m'y trouver ; & je vous promets de lui faire si bien appercevoir le
faux & le ridicule de ces miracles prétendus, qu'il se rendra peut-être à la verité. C'est un dernier effort que je dois à
un parent , & à l'amitié que je ressens
pour vous. Voici, si je ne me trompe,

la troupe aux miracles. Entre, ma niece, chez Lucile. La voilà qui venoit au
devant de vous; & je vois auffi Monfieur Gautier.

SCENE III.

M. GAUTIER, M. GERMAIN, M. CAFFART, MATHURIN, *troupe de malades de Saint Paris.*

M. GAUTIER.

SOyez le bien venu, M. Caffart. Nous
voici tous raffemblés fort à propos.
Sont-ce là vos gens ? en voilà trop en-
femble. Il faut les voir l'un après l'autre.

M. CAFFART.

Vous avez raifon. Mathurin, faites les
retirer dans ce petit falon, jufqu'à ce
qu'on les appelle l'un après l'autre. *Les
malades fe retirent.* Demeurez-vous qui
étiez Paralytique. Vous voyez Meffieurs,
un homme qui étoit paralytique du bras
droit, de forte qu'il n'en pouvoit faire
aucun ufage. En voilà le certificat en
bonne forme, figné par un Medecin, un
Chirugien & le Curé du lieu. Vous m'a-

voüerez que c'eſt là un fait bien conſ-
ſtaté.

M. GAUTIER.

Qu'en dites-vous M. Germain ?

M. GERMAIN.

L'atteſtation me paroît en aſſez bonne
forme. Eh bien cet homme-là ſe ſert-il
à preſent de ſon bras ?

M. CAFFART.

Voyez-le vous-même. Remuez votre
bras, mon enfant. *Le paralytique fait di-*
vers mouvemens de ſon bras. Voyez-vous,
Meſſieurs ? tenez, encore. N'eſt-ce pas
là un miracle ?

M. GAUTIER.

N'eſt-ce pas là un miracle, Monſieur Germain.

M. GERMAIN.

J'avoüe que je ſuis un peu étonné.

M. GAUTIER.

Bon étonné ! c'eſt un miracle vous dis-
je. Vous êtes un incredule. Ah que je
reſſens de joie !

M. CAFFART.

Faiſons-en venir un autre.

M. GERMAIN.

Un moment, s'il vous plaît Monſieur
Caffart.

M. GAUTIER.

Que voulez-vous dire encore ? voilà un miracle qui creve les yeux. Vous avez beau rêver.

M. GERMAIN.

J'aurois bien des reflexions à faire sur ce miracle là, & sur vos certificats ; mais attendez : j'apperçois, ce me semble, que cet homme ne fait aucun usage de son bras gauche. *Il lui tire le bras gauche.* Allons, mon ami, remuez donc aussi un peu ce bras là.

LE PARALYTIQUE.

Ahi ! vous me faites beaucoup de mal.

M. GERMAIN.

Comment, je vous fais mal ! ce bras là est-il à present Paralytique ?

LE PARALYTIQUE.

Oüi, Monsieur. Depuis que S. Paris m'a gueri le bras droit, je suis devénu malade du bras gauche.

M. GERMAIN.

Voilà une plaisante guerison ! eh quoi ? Messieurs, vous appellez cela un miracle ?

M. GAUTIER *d'un air étonné.*

Monsieur Caffart !

M. CAFFART.

Que voulez-vous donc dire, Monfieur, le bras droit n'eft-il pas gueri ?

M. GERMAIN.

Oüi, mais ne voyez vous pas que c'eft parce que la paralyfie s'eft jettée fur le bras gauche ?

M. GERMAIN.

Monfieur Caffart !

M. CAFFART.

Qu'eft-ce que cela fait ? parbleu c'eft la paralyfie qui a tort. Quand S. Paris guerit le bras droit, eft-il obligé de garantir le bras gauche ? Que le bras gauche fe gueriffe s'il veut. Tant pis pour lui.

M. GERMAIN.

Dites plûtôt, Monfieur, tant pis pour la fecte qui ofe debiter de pareils miracles. Elle devroit en rougir. *

MATHURIN.

Oh pardi velà encore un beau gueriffeux ! allez allez votre Saint n'aura pas de mes chandelles.

---

* *C'eft ici une des efpeces des prétenduës guerifons ó-perées au tombeau de Monfieur S. Paris. Il y en a eu plufieurs toutes femblables, qui ont fait illufion aux efprits credules qui n'examinent rien.*

M. CAFFART.

Patience, Meſſieurs, patience. J'a-
voüe que ce miracle là n'eſt pas encore,
dans ſon état de perfection. Mais nous le
racommoderons ſi bien , qu'il deviendra
un des meilleurs.

M. GERMAIN.

Vous le raccommoderez ? Il en a ma
foi beſoin.

M. CAFFART.

Laiſſez - nous faire. En attendant vous
en allez voir d'autres. Allez mon cher enfant : retirez-vous. Qu'on faſſe venir la
muette.

MATHURIN.

Au racommodage , au racommodage.

SCENE IV.

M. GAUTIER , M. GERMAIN; M. CAFFART , UNE FILLE
muette.

M. CAFFART.

Pouvez vous douter que ce ſoit ici un
vrai miracle? voilà une fille qui étoit
muette.

MATHURIN.

Une fille muette ! oh pardi c'eſt ça qui étoit un miracle.

M. CAFFART.

Et elle parle à preſent.

MATHURIN.

C'eſt qu'elle eſt revenuë à ſon naturel.

M. GAUTIER.

Voyons, voyons cela : parle-t'elle bien ?

M. CAFFART.

Elle parle : mais il faut obſerver qu'elle ne fait que commencer. Car à peine y a-t'il trois mois qu'elle eſt guerie. Allons, ma fille ; parlez un peu à ces Meſſieurs.

LA MUETTE.

Han hin han hon han hin hon.

M. GERMAIN.

Que dit - elle ?

LA MUETTE.

Han han hin hon han.

M. GERMAIN.

Quelle langue parle-t'elle donc ?

MATHURIN.

Elle grogne drôlement.

M. GAUTIER.

Monſieur Caffart !

M. CAFFART.

Comment vous ne l'entendez pas ? parlez encore , ma fille.

LA MUETTE.

Han hon hin han hin hon.

M. CAFFART.

Ne l'entendez vous pas , Messieurs ?
vous l'entendez bien M. Gautier.

M. GAUTIER.

Mais... oüi. J'entends quelque chose.

MATHURIN.

Attendez, attendez, c'est que vous ne
sçavez pas lui parler comme il faut. Laissez moi l'interroger & vous allez voir
qu'elle me répondra. Han hin hon hon
hin hon.

LA MUETTE.

Han hin han hon hon hin.

MATHURIN.

Vous voyez bien qu'elle me répond
juste.

M. GAUTIER.

Monsieur Caffart !

M. GERMAIN.

Quoi serieusement vous osez nous donner cela pour un miracle ?

M. CAFFART.

Comment Monsieur, c'est un miracle
connu de tout Paris. Je vous défie d'al-

ler dans une maison où l'on ne vous en parle. On vous dira le nom de cette fille, son âge, sa demeure. On vous citera quarante témoins qui ont déposé pour le miracle ; & vous vous feriez jetter la pierre, si vous vous avisiez de le contester. On l'a écrit dans toutes les Provinces, on en a imprimé les procès verbaux.

M. GERMAIN.

Vous me prouvrez par-là qu'il y a dans Paris bien des dupes, & qu'il faut qu'un esprit de vertige ou de fanatisme ait broüillé toutes les merveilles.

M. GAUTIER.

Franchement M. Caffart, cela ne me paroît pas bien merveilleux.

M. CAFFART.

Faites donc reflexion que vous auriez peut-être raison, si vous ne voyez qu'un miracle ; mais ce n'est point chaque miracle en particulier qu'il faut examiner. Il faut envisager le total. Or il y en a trois cens.

M. GER-

---

* *Tout Paris sçait le bruit que les Jansenistes ont fait de la prétenduë guérison d'un sourd & muet de naissance ; & tout Paris sçaura aussi quand il voudra que rien n'est plus faux, puisque ce sourd & muet (qui ne l'a jamais été parfaitement) est aujourd'hui précisément au même état qu'il étoit avant le prétendu miracle, quoi qu'on lui ait donné un maître pour tâcher de lui arracher quelques paroles.*

MATHURIN.

Eh Monſieur, donnez-nous en un ſeul vrai, & on vous quitte de tous les autres.

M. CAFFART.

Eh bien vous en allez voir. Retirez-vous, ma fille, & qu'on faſſe venir le boiteux.

MATHURIN.

Au raçommodage, au raçommodage.

* * *

SCENE V.

M. GAUTIER, M. GERMAIN, M. CAFFART, MATHURIN, UN BOITEUX.

M. CAFFART.

VOyez cet homme là, Meſſieurs, comme il marche.

MATHURIN.

Voyez comme il a l'air à la danſe.

M. GERMAIN.

Que nous produiſez-vous là, Monſieur ? je vois un homme qui ſe traîne

H

avec peine à l'appui d'un bâton, & qui souffre en marchant. *

M. CAFFART.

Eh bien, Monsieur, cet homme là ne marchoit auparavant qu'à l'appui de deux potences.

M. GERMAIN.

Et à présent il ne se sert que d'une : voilà certes un miracle fort singulier.

M. CAFFART.

Il est pourtant vrai que nous n'avons point pû avoir d'attestations de Medecins & de Chirurgiens ; mais nous avons celui de quatre Avocats & de deux Notaires.

MATHURIN.

Et de deux Orfévres, je gage.

M. GERMAIN.

C'est la même chose. De bonne foi, Monsieur, est-ce là ce que vous appellez une guerison miraculeuse ? Quoi se traîner comme fait cet homme-là, c'est marcher ? & ne pouvoir se traîner qu'avec peine & avec douleur, c'est être gueri ? Eh fi Monsieur. Pour l'interêt de

---

* *C'est la guerison prétenduë du Doyen de S. M. de la Margot de l'Hôtel Dieu, & de la Fille du Pere Certain.*

votre cause vous devriez cacher de pareils miracles. *Au boiteux.* Allez, mon
bon homme. Reprenez vos potences,
croyez-moi. Vous n'êtes point propre à
achalander la boutique aux miracles.

MATHURIN.

Au raccommodage, au raccommodage.

M. GAUTIER.

Monsieur Caffart !

M. CAFFART.

Comment l'entendez-vous donc, Messieurs ? Prétendez-vous qu'un Saint gue-
risse un homme tout d'un coup, sans
qu'il reste aucun vestige de sa maladie.
Oh ! parbleu vous êtes trop difficile, &
le tems de ces miracles-là est passé.

MATHURIN.

C'est que Saint Paris n'est encore qu'à
son apprentissage, voyez-vous. Monsieur le Docteur, tirez-nous en d'un
autre.

M. CAFFART.

Il le faut bien, car vous êtes des incredules à qui il faut faire toucher les
miracles au doigt & à l'œil. Faites venir
la sourde.

H 2

SCENE VI.

M. GAUTIER, M. GERMAIN, M. CAFFART, MATHURIN, UNE FEMME SOURDE.

M. CAFFART.

Qu'on interroge cette femme-là, & elle rendra compte elle-même de sa guerison.

M. GERMAIN.

Voyons : comment vous appellez-vous, ma bonne ?

LA SOURDE.

Oüi Monsieur, j'étois bien sourde auparavant.

M. GERMAIN.

Fort bien; & quel est votre nom ?

LA SOURDE.

J'entends fort clair à present, Dieu-merci & Monsieur S. Paris.

M. GERMAIN.

Il paroît. (*haussant la voix.*) Mais ma bonne femme quel âge avez-vous ?

LA SOURDE.

Je demeure dans la ruë Saint Antoine, Monsieur.

M. GERMAIN.

Je vous demande quel âge vous avez?

LA SOURDE.

A quel étage je demeure? au troisié-
me tout auprès d'un apoticaire. C'est
que j'ai quitté la paroisse de Saint Sul-
pice, où les gens disoient que j'étois toûjours aussi sourde qu'auparavant, & je
suis venuë demeurer dans la ruë S. Antoine, où toutes les Dames disent que
j'entends clair à present, & que Saint
Paris ma guerie. Oh! les Dames de la
ruë S. Antoine sont bien sçavantes.

M. GERMAIN *à Monsieur Caffart.*

Ne dites-vous pas, Monsieur, que
ectte femme n'est plus sourde?

M. CAFFART.

Sans doute je le dis.

M. GERMAIN.

Eh bien voilà veritablement un miracle, qu'une femme qui n'est pas sourde
n'entende point.

M. GAUTIER.

Monsieur Caffart!

MATHURIN.

Attendez, attendez, je vais lui apporter quelque chose. (*Il sort.*)

H 3

M. CAFFART.

Que voulez-vous que je vous dise? c'est que vous ne criez pas assez haut.

M. GERMAIN.

Vous avez raison. Il faut faire venir deux paires de tymbales & douze trompettes. Parbleu voilà de plaisants miracles?

MATHURIN *revenant avec une grosse clochette qu'il fait semblant de sonner.*

Ma bonne femme, n'est-il pas vrai que vous entendez ça?

LA SOURDE.

Eh mon Dieu, ça m'étourdit les oreilles.

MATHURIN.

Oh pardi tu en as bien menti; car j'en ai ôté le battant. Vous le voyez bien.

M. GAUTIER.

Monsieur Caffart!

M. CAFFART.

Encore une fois vous n'êtes pas raisonnables: vous voulez des guérisons parfaites, & on vous a déja dit qu'il n'y en a point.

MATHURIN.

Ma foi Monsieur le Docteur, votre

S. Paris est un grand operateur, mais je n'acheterai pas de son orvietan.

M. GAUTIER.

Est-ce là tout ce que vous avez, Monsieur?

M. CAFFART.

Non, mais il est inutile de vous faire rien voir de plus, puisque Monsieur est déterminé à ne rien croire.

M. GERMAIN.

Pardonnez-moi. Je serois curieux par exemple de voir cette fameuse Anne le Franc dont le parti a tant vanté la guerison miraculeuse.

M. CAFFART.

Oh pour celle-là vous ne la verrez pas; car elle n'est plus à Paris, & on a été bien-aise de la soustraire aux yeux des curieux. *

H 4

* C'est un fait connu de tout Paris qu'après que M. l'Archevêque a démontré par une infinité de témoignages non-suspects, & par autres par celui des Medecins & des Chirurgiens l'imposture de la guerison pretenduë d'Anne le Franc, & l'insigne fausseté du Procés verbal que le parti en avoit fait dresser à cette fille & à tous se pouvoir contre le Mandement de M. l'Archevêque. Mais ses infirmitez qui sont reprise plus que jamais lui en ont été les moyens; & pour en derober la connoissance au Public, les Jansenistes l'ont fait disparoître de Paris. Elle est depuis plusieurs mois à la campagne où elle a la liberté d'être malade sans consequence.

Mais nous avons là un convulfionaire dont les fauts & les mouvemens furnaturels ont de quoi convaincre les plus incredules.

M. GERMAIN.

Oh ! parbleu le fpectacle eft trop intereffant pour nous en priver; Qu'on le faffe entrer , je vous en prie.

SCENE VII.

M. GAUTIER , M. GERMAIN , M. CAFFART, UN CONVUL-SIONAIRE.

M. CAFFART.

ALlons , mon ami , étendez-vous là fur le dos , comme vous faites fur la tombe de S. Paris : défaites vos jarretieres , vos fouliers , votre cravate. Allons commencez , & faites voir à ces Meffieurs ce que Dieu opere en vous par la vertu du Saint. (a)

(a) *La peinture qu'on fait dans toute cette Scene eft copiée mot pour mot d'après ce que tout Paris a vû à S. Medard. La pofterité aura peine à le croire.*

M. GERMAIN.

Comment donc ! est-ce que ses convulsions le prennent quand il veut, &
quand on l'en prie ?

M. CAFFART.

Oüi, Monsieur, tous les convulsionaires ont sur cela pleine liberté, & leurs
convulsions cessent de même quand on
les prie de finir. (a)

M. GERMAIN.

Parbleu vous voulez rire. Car on n'a
jamais dit que des convulsions surnatu-
relles, soit qu'elles viennent du Diable,
commencent & finissent au gré du patient
& des spectateurs.

M. CAFFART.

Ce que je vous dis, Monsieur, est un
fait contre lequel il est inutile de disputer. Regardez seulement cet homme ci.
Tenez, voyez ces grimaces effroyables,
comme il roule les yeux, comme il tord
les bras, comme il écume de la bouche,
comme il gemit douloureusement.

M. GAUTIER.

O Ciel ! cela fait horreur. Quelle espece de miracle est-ce donc là ?

_____

(a) *Voyez les* Procès verbaux de plusieurs Medecins & Chirurgiens *Imprimés à Paris chez la veu-
ve Maziere.*

MATHURIN.

Pouas ! velà un vilain miracle.

M. GERMAIN.

Quoi, Monsieur, voilà l'horrible spectacle que vous donnez au Public ?

M. CAFFART.

Il est vrai que cet homme-ci ne fait pas ses convulsions avec autant de grace que les autres. Si vous veniez à S. Medard, vous seriez charmé de leurs bonnes manieres. Ils suspendent leurs mouvemens pour laisser passer les Dames, ils saluent la compagnie avec un souris gracieux, & se cedent la place les uns aux autres avec une politesse charmante. Mais en recompense celui-ci est un des plus agiles. Voyez comme il s'élance, comme il se souleve, comme il s'agite. Si j'avois ici de la terre du tombeau de S. Paris pour lui en jetter sur la tête, vous verriez bien autre chose.

M. GAUTIER.

Ah ah ! j'en ai ici de la terre du tombeau. Mathurin tu te souviens bien que tu m'en apportas l'autre jour. Va-t'en la quérir.

MATHURIN.

J'y vais Monsieur. *à part.* Pardi j'allons bien rire, car je vais lui joüer un bon tour. *Il sort.*

M. GAUTIER.

Que dites-vous de cela, Monsieur Germain ?

M. GERMAIN.

Je vois un homme assez agile qui se souleve soûtenu sur le talon, sur le coude, sur un point d'appui. Je le vois qui a l'attention de ne se point blesser. Je vois qu'il reprend haleine, & qu'il modere son jeu comme il lui plaît. Je vois en un mot ce que vous verrez faire quand il vous plaira au dernier sauteur de la foire ; mais appeller cela des convulsions, & appeller des convulsions un miracle, je vous avoüe que cela me passe.

M. GAUTIER.

Monsieur Caffart

M. CAFFART.

Vous ne sçavez donc pas, Monsieur, que l'histoire Ecclesiastique rapporte qu'on en voyoit de semblables sur le tombeau des Martyrs.

M. GERMAIN.

Avec cette difference, Monsieur, que celles dont vous parlez étoient assurément très-involontaires, & que celles-ci ne sont

que de pures grimaces. Ajoûtez, s'il vous
plaît, que les saints Martyrs les guerif-
foient & que c'est ici votre Saint qui les
donne; & comme celles-là étoient un effet de la possession du Demon, il me paroît que vous ne faites gueres d'honneur
à votre Saint de lui faire faire des miracles tout pareils à ceux du Diable. * Que
le Ciel nous préserve de tels miracles !
voilà un beau present !

M. CAFFART.

Vous direz tout ce qu'il vous plaira;
mais enfin tout Paris va les voir & en
est étonné.

M. GERMAIN.

Oüi, mais vous ne dites pas que tout
ce qu'il y a de gens sensés en sortent scan-
dalisés de l'effronterie de vos imposteurs,
de la bêtise de vos dévots & de vos dévotes, & de l'imbecillité du Peuple.

MATHURIN *revenant.*

Oh pour le coup nous allons voir de
belles cabrioles, car voici de la terre.

M. CAFFART.

Donnez, mon ami, donnez. Je vais
lui en jetter seulement une pincée & vous

---

* *Voyez l'excellent discours d'un Theologien sur les
miracles. Voyez pareillement le dernier Mandement de
M. l'Archevêque & celui de M. de Marseille.*

allez en voir l'effet. *Il jette un peu de terre sur la tête du convulsionaire.* Tenez: voyez vous comme ses convulsions redoublent. Admirez l'effet de cette terre consacrée par le tombeau du Saint.

M. GAUTIER.

O Ciel !

M. GERMAIN.

Cela fait horreur à voir. Finissez, Monsieur, finissez. En voilà trop.

MATHURIN *riant de toutes ses forces.*

Ah ah ah ah ah ah !

M. GAUTIER.

De quoi rit cet animal là ?

MATHURIN *riant encore.*

Ah ah ah ah ah ah !

M. GERMAIN.

Qu'as tu donc? sont-ce aussi des convulsions qui te prennent ?

MATHURIN.

Oh pardi laissez-moi rire ; car ça est trop drôle. Ah ah ah ah !

M. GAUTIER.

Dis nous donc ce qui te fait rire.

MATHURIN.

Eh pardi , Monsieur, c'est que la terre que je viens d'apporter..... ah ah ah ah.

M. GAUTIER.

Eh bien ?

MATHURIN.

C'eſt de la terre du jardin que je viens de prendre ; & Monſieur le Docteur dit que ça met le Diable au repos.

M. GAUTIER.

Monſieur Caffart !

M. CAFFART.

Je te trouves bien hardi , mon ami , de prendre avez moi ces libertez-là.

MATHURIN.

Oh parguienne vous êtes bien plus drôle avec votre terre de S. Paris.

M. CAFFART.

Vous êtes un inſolent , mon ami.

MATHURIN.

Ah ah ah ah!

M. CAFFART.

Un fripon apoſté par les Moliniſtes pour décrier nos miracles.

MATHURIN.

Ah ah ah ah !

M. GERMAIN.

Eh pourquoi vous en prendre à lui , Monſieur ? C'eſt à S. Paris à défendre ſes miracles & la vertu de ſon tombeau,

M. CAFFART.

Allez Monfieur, je vois bien que vous n'êtes vous même qu'un franc Molinifte.

M. GERMAIN.

Si c'eft être Molinifte que de méprifer des miracles ridicules, je vous avoüe que je fais gloire de l'être.

M. CAFFART.

Eh bien, foyez donc Molinifte, Courtifan des Jefuites, vil efclave du Pape, Meurtrier des Rois, ennemi de nos maximes, Apôtre du Diable. On fe paffera bien de votre fuffrage ; & vous Monfieur Gautier, vous auriez bien pû m'épargner la peine de venir ici difputer contre un libertin & un impie. (*Il fort.*)

MATHURIN.

Ah ah ah ah ah !

SCENE VIII.

M. GAUTIER , M. GERMAIN, MATHURIN.

M. GERMAIN.

IL faut avoüer que ce M. Caffart est d'une grande moderation. Est-ce là son style ordinaire ?

M. GAUTIER.

Oh non : cet homme là ne prêche que la charité. Et hormis le Pape, les Evêques, le gouvernement & les Molinistes, il ne médit jamais de personne.

M. GERMAIN.

Voilà une grande charité ! je la lui pardonne ; mais que pensez-vous des beaux miracles que vous venez de voir ?

M. GAUTIER.

Je vous avoüe que je m'attendois à toute autre chose ; mais vous m'avoüerez aussi qu'il y a pourtant là quelque chose d'extraordinaire.

M. GERMAIN.

Sans doute ; car il est fort extraordinaire.

naire qu'on ait l'impudence de fe joüer
ainfi de la Religion , & d'abufer un peuple ignorant & fuperftitieux , en lui don-
nant pour des miracles ce qui n'eft que
l'effet de l'impofture & de l'illufion la
plus groffiere. Car enfin il faut que ceux
qui font valoir ces prétendus miracles
foient ou des gens de mauvaife foi qui
dépofent contre le temoignage de leur
confcience & de leurs fens , ou des hommes tellement aveuglés par leurs préjugés qu'ils ne voyent pas ce qui frappe les
yeux de tous les gens fenfés. Choififfez à
laquelle des deux efpeces vous voulez croire , ou à des hommes fans foi , ou à
des hommes fans lumieres.

M. GAUTIER.

Voilà juftement ce qu'il y a d'embaraf-
fant ; car ces gens-là ne font certainement
pas acculés de manquer d'efprit , & on
ne fe perfuadera pas non plus que des hommes qui font profeffion d'une morale fi
fevere , foient de mauvaife foi.

M. GERMAIN.

C'eft qu'on ne connoît pas l'efprit qui
anime toutes les feƈtes. L'hypocrifie &
l'apparence exterieure de feverité a été

I

de tous tems un des plus furs moyens que les Novateurs ayent employés pour accrediter leur secte. Les Lutheriens s'appelloient *les Evangeliques* : les Calvinistes se nommoient *les Reformés*. Vos Jansenistes se donnent pour des Docteurs de la morale severe : c'est précisément la même chose. Voulez-vous une preuve sans replique que ce nom qu'ils se donnent, n'est qu'une pure forfanterie ? voyez dans les Villes où le Jansenisme est le plus répandu, à Paris par exemple, si les mœurs y sont en effet plus reformées. Je vous en fais le juge. Mais il est inutile de vous en parler davantage. Vous persisterez sans doute dans vos sentimens, & moi je persiste dans ma resolution. Adieu Monsieur, je vais donner mes ordres pour mon départ.

M. GAUTIER.

Non Monsieur, je vous en conjure. Car il faut vous avoüer que ce que je viens de voir me donne d'étranges soupçons. Si je suis dans l'erreur, vous acheverez de me défabuser. Accordez-moi le loisir de faire quelques reflexions, & revenez me voir.

M. GERMAIN.

En verité s'il s'agissoit de toute autre

chofe, je me lafferois de tant de délais; mais l'affaire merite bien que je pouffe la complaifance jufqu'au bout. Ainfi je veux bien confentir encore à ce que vous demandez de moi. Je vais laiffer ma niece chez votre fille, & je reviendrai tantôt ou la ramener avec moi, ou la donner à votre fils felon la refolution que vous aurez prife. *Il fort.*

M. GAUTIER.

Et moi quand j'y penfe, il faut que je fçache des nouvelles de mon Procès. Mathurin va-t'en prier M. Bredaffier de s'en informer, & de venir m'apprendre ce qu'il y aura de nouveau.

Fin du quatriéme Acte.

I 2

ACTE V.

SCENE PREMIERE.

M. GAUTIER, VALERE.

VALERE.

EH ! quoi mon Pere, vous serez in-sensible à mon desespoir.

M. GAUTIER.

Que ne persuade-tu plûtôt à M. Germain de se mettre à la raison.

VALERE.

Eh comment le persuader ? puisque la proposition qu'il vous fait est toute à notre avantage, c'est à lui à nous prescrire les conditions, & non pas à les recevoir de nous.

M. GAUTIER.

Eh bien qu'il garde donc sa niece & qu'il s'en retourne où il voudra. Voilà une plaisante condition qu'il exige de moi! je crois qu'il voudra bien-tôt me faire faire une abjuration en forme. Me prend-t'il pour un heretique ?

VALERE.

Mais ne pouvez-vous pas abandonner ce qu'il appelle le parti des Janseni-stes ?

M. GAUTIER.

Non assurement.

VALERE.

Eh qu'avez-vous besoin mon Pere, de vous mêler de toutes ces disputes-là ?

M. GAUTIER.

Tu es un ignorant, mon fils. Vas, quand tu seras Avocat, tu penseras bien autrement.

VALERE.

Mais, mon Pere, ce sont, dites-vous, les miracles de S. Paris qui vous ont engagé dans ce parti, & vous venez d'en voir la faussèté.

M. GAUTIER.

Cela est vrai : M. Caffart est un impertinent ou un homme de mauvaise foi. Je ne veux plus voir cet homme-là. Mais M. Gonin.....

VALERE.

Soyez sûr, mon Pere, que M. Go-

I 3

nin ne vaut pas mieux que M. Caffart,
& tous ces gens-là font des marchands de
miracles qui feront inceffamment banqueroute à tous leurs badauts de créanciers.
Quoi qu'il en foit, facrifierez-vous ma
fortune & mon bonheur aux intérêts
d'un parti éprouvé par toutes les puif-
fances ? je vous en conjure mon Pere,
ne me mettez pas au défefpoir.

M. GAUTIER.

Ah je vois M. Bredaffier qui vient
m'apprendre des nouvelles de mon procès.

※ ※ ※ ※ ※ ※ ※ ※ ※ ※ ※

SCENE II.

M. GAUTIER, VALERE,
M. BREDASSIER.

M. BREDASSIER.

OUi Monfieur, je viens avec joie
vous apprendre que vous avez gagné votre procès. C'eft moi qui vous
en affûre.

M. GAUTIER.

Que je l'ai gagné ?

M. BREDASSIER.

Oüi que vous l'avez gagné, & avec dépens.

M. GAUTIER.

Ah! que vous m'apprenez là une heureuse nouvelle! je ne me sens pas de joie. Oh pour le coup que M. Germain s'en retourne s'il veut. Tu seras assez riche, mon fils, pour te passer d'Isabelle.

VALERE *à part.*

Que je suis malheureux!

M. GAUTIER.

Racontez-moi je vous prie, mon cher Monsieur Bredassier comment cela s'est passé.

M. BREDASSIER.

Cela est tout simple. Après le plaidoyé des Avocats, oüi le Rapport, on est allé aux opinions: toutes les voix ont été contre vous.

M. GAUTIER.

Comment donc!

M. BREDASSIER.

Et l'Arrêt rendu en conséquence vous déboute de toutes vos demandes & vous condamne pour le fond & pour l'accessoire à perdre le principal & les interêts, & à payer tous les depens.

I 4

M. GAUTIER.

J'ai donc perdu mon Procès ?

M. BREDASSIER.

Oüi.

VALERE *à part.*

Je respire.

M. GAUTIER

O Ciel ! & vous disiez que je l'avois gagné ?

M. BREDASSIER.

Oüi, vous dis-je. Vous l'avez perdu c'est à dire gagné ; & voici comment. C'est que j'ai remarqué dans l'Arrêt une nullité, Monsieur, une nullité plus claire que le jour : c'est moi qui vous le dis. Il faut donc par une requête civile vous pourvoir en cassation. Je me charge moi de dresser votre requête, & de la faire recevoir. On va recommencer la procedure. Je fais d'abord un factum triomphant qui met vos moyens dans la plus grande évidence. Je fais ensuite un plaidoyé foudroyant qui met en poudre tous les moyens de votre Partie. Je fais un bruit de Diable à l'audience. Qu'arrive-t'il ? les Juges étourdis par le tonnere de mes raisons, & par l'éclat de ma voix, après avoir mis à néant l'Arrêt qui vous deboute, vous retablissent, réhabilitent

& redintegrent dans tous vos droits &
poſſeſſions, pour en joüir à l'avenir comme ci-devant, vous & tous vos ayant
cauſe. De cette façon là ne voyez-vous
pas que vous avez gagné votre procès.

M. GAUTIER.

Peſte ſoit du bavard avec ſon factum
& ſon tonnere ! Dieu ! que vais-je devenir ! me voilà ruïné ſans reſſource.

VALERE.

Non, mon Pere ; il ſemble que la
Providence nous ait amené tout exprès
M. Germain dans une ſi facheuſe con-
joncture pour reparer le malheur qui nous
arrive, & vous mettre dans la neceſſité
de changer de ſentimens.

M. GAUTIER.

Non mon fils, ni l'interêt ni la ruïne
entiere de ma famille ne ſera jamais un
motif capable de me faire abandonner le
parti de la verité. Le derangement qui
arrive à ma fortune ne change rien à la
juſtice de la cauſe que je ſoûtiens.

VALERE.

Oüi, mais l'impoſture des miracles qui
vous l'ont fait embraſſer vous demontre
la fauſſeté & la mauvaiſe foi de ce parti.

M. GAUTIER.

Cela est bon pour M. Caffart ; mais M. Gonin est un honnête homme incapable de me tromper. M. Gonin me fera voir de vrais miracles.

VALERE à *part.*

Quel entêtement ! il faut que j'aille prier M. Germain de venir faire un dernier effort.

SCENE III.

M. GAUTIER, M. BREDASSIER.

M. GAUTIER.

AH ! M. Bredassier, il faut que vous me consoliez dans mon malheur ; & qu'en devenant mon gendre, vous soyez l'appui de ma famille.

M. BREDASSIER.

Non, non, c'est une affaire à laquelle il ne faut plus penser ; & je vous rends la parole que vous m'aviez donnée.

M. GAUTIER.

Comment donc !

M. BREDASSIER.

C'est un trait d'ami que je vous fais là ;

un autre que moi voudroit mal à propos
le piquer d'honneur dans cette occasion ;
mais je vous aime trop pour cela. Ne
voyez-vous pas qu'après la perte que vous
venez de faire je ne suis pas assez riche
pour épouser votre fille & la rendre heureuse ?

M. GAUTIER.

J'entends : c'est à dire que vous ne trouvez plus ma fille assez riche pour l'épouser.

M. BREDASSIER.

Mais vous voyez que je fais bien mieux,
puisque je m'offre à vous pour vous faire gagner votre procès.

M. GAUTIER.

Non Monsieur après un pareil trait
d'ingratitude je ne veux pas que vous
vous mêliez de mes affaires.

M. BREDASSIER.

Je soûtiendrai votre Procès, vous dis-
je comme le mien propre.

M. GAUTIER.

Oh je vous en dispense.

M. BREDASSIER.

Encore une fois votre procès est mon
affaire, & je l'épouse.

M. GAUTIER.

Qui épouser ? ma fille ?

M. BREDASSIER.

Non , j'épouse votre procès. Vous verrez comment je menerai cette affaire-là.

M. GAUTIER.

Vous êtes un ingrat , Monsieur Bredaffier.

M. BREDASSIER.

Je leur ferai rendre gorge.

M. GAUTIER.

Vous êtes un mal-honnête homme.

M. BREDASSIER.

Jusqu'au dernier sol.

M. GAUTIER.

Allez - vous promener.

M. BREDASSIER.

Avec les frais , les dépens , les dommages & les interêts. Adieu M. Gautier *Il sort.*

M. GAUTIER.

Que la peste vous crêve , M. Bredaffier ! Ciel dans quelle situation me trouve-je aujourd'hui ! mes enfans sans bien & sans établissement , & moi réduit à n'avoir pas de pain , ou à me faire Moliniste ! ah ! S. Paris, S. Paris ! voilà une belle occasion de faire un miracle. Allons roidissons nous contre la mauvaise fortune, & consentons à tout perdre plûtôt qu'à trahir la verité. Voici le cher M. Gonin.

SCENE IV.

M. GAUTIER, M. GONIN, PITRE *en Perruque & le visage couvert d'une emplâtre.*

M. GONIN.

J'Ai appris Monsieur, que mon confrere M. Caffart vous avoit amené ici des gens dont vous n'avez pas été content. Il a eu tort assûrément, & je viens réparer la gloire du saint, en vous faisant voir un prodige incontestable dans la personne de cet étranger. C'est un Anglois qui a des convulsions tout à fait étonnantes & miraculeuses. Il vient d'en faire voir un échantillon sur le tombeau de S. Paris ; & comme tout le monde en a été extremement étonné, je vous l'ai amené tout exprès, pour vous convaincre par vos yeux de la verité de nos miracles.

M. GAUTIER.

Vous me faites en verité un extrême

plaifir ; & malgré le chagrin que je viens de recevoir par la perte de mon procès, j'aurai une vraye fatisfaction de voir enfin un miracle bien averé. Car il faut vous avoüer que ceux que j'ai vûs tantôt m'ont donné d'étranges foupçons , & que ma foi en a été terriblement ébranlée. Encore une pareille fecouffe, & je devenois Molinifte. Mais j'ai toûjours compté fur vous. Vous m'allez fortifier , & ce miracle-ci me fournira des armes contre M. Germain. Le voilà qui revient avec mon fils.

S C E N E V.

M. GAUTIER , M. GERMAIN VALERE, M. GONIN, PITRE.

P I T R E *appercevant Monfieur Germain.*

(*à part*) AH ! moi perdu ! velà mon maître, & je crains qu'il reconnoiffe moi.

M. GAUTIER.

J'ai perdu mon procès, Monfieur, je fuis ruiné, & dans la fituation où je me trouve, je devrois, ce femble, me mettre à votre difcretion. Mais vous exigez

de moi une condition que ma religion &
la verité ne me permettent pas d'accep-
ter. Tenez, voilà un miracle qui va décider entre nous. Jugez-en vous-même.

M. GERMAIN.

Quoi, Monſieur, après l'épreuve de
tantôt vous cherchez encore à vous tromper vous-même. Quel eſt cet homme ?

M. GONIN.

Vous allez voir Monſieur.

M. GERMAIN *reconnoiſſant Pitre.* (à part.)

Que vois-je? c'eſt Pitre. Diſſimulons
un moment.

M. GONIN.

Allons, mon ami, eſſayez ſi les convulſions vous prendront. (*Pitre tremble
de frayeur.*) courage.

M. GAUTIER.

Vraiment oüi. Les voilà qui les prennent. Voyez comme il tremble, comme
il pâlit. Voilà ſon viſage tout changé,
M. Germain, ceci eſt bien different de
ce que vous avez vû tantôt.

M. GERMAIN.

Oüi voilà des convulſions d'une eſpe-
ce nouvelle. Mais voulez-vous que je
faſſe auſſi un miracle à mon tour.

M. GAUTIER.

Quel miracle ?

M. GERMAIN.

Je vais dans le moment faire cesser les convulsions. Donnez-moi une canne.

M. GAUTIER.

Comment une canne !

M. GERMAIN.

Donnez-moi une canne vous dis-je.

PITRE *se jettant aux pieds de Monsieur Germain.*

Ah, Monsieur pardonnez à moi : moi demander pardon.

M. GERMAIN.

Comment maraud , tu te mêles aussi d'avoir des convulsions ! avoüe moi la verité. Qui est-ce qui t'a engagé à joüer un tel personnage ?

M. GAUTIER.

M. Gonin ! qu'est-ce donc que cela veut dire ?

VALERE.

Voilà une bonne decouverte!

M. GERMAIN.

Laissez-moi s'il vous plaît éclaircir ce mystere. *à Pierre.* Parles.

PITRE.

Monsieur, un Camarade être venu prendre

dre moi tantôt pour ſauter comme lui
à S. Paris , & M. Gonin m'avoir donné douze francs* pour ſauter bien haut,
& moi ſauter plus haut qu'eux tous.

M. GAUTIER.

Monſieur Gonin !

M. GONIN.

Qu'eſt-ce donc que ce coquin-là veut
dire ?

M. GERMAIN.

Laiſſez , laiſſez le dire , Monſieur. à
Pitre : achevez.

PITRE.

Et puis lui m'avoir dit de venir ici ,
& m'avoir promis ſix francs , & moi pour
n'être point connu , avoir pris un perruque & un emplêtre.

M. GAUTIER.

Monſieur Gonin !

VALERE.

Voila un grand maraud.

K

* On n'en impoſe point ici à Meſſieurs les Janſeniſtes , & le Sieur Abbé de Beſcherant en eſt une prouve ; car on ſçait qu'il a été mieux payé que les meilleurs ſauteurs de la Foire , quoi qu'il n'en approche
pas.

M. G E R M A I N *à M. Gonin.*

Voyez Monfieur , ce que vous avez à répondre.

M. G O N I N.

Comment ce que j'ai à répondre ! Qui êtes-vous ? s'il vous plaît , pour me venir faire un pareil affront ? car je vois bien que c'eft vous qui avez apofté ce coquin-là pour décrier nos miracles.

M. G E R M A I N.

Moi je l'ai fi bien apofté que je vais le chaffer de chez-moi , pour avoir ofé fe prêter à de telles impoftures. Mais en tout cas ce n'eft pas moi qui l'ai payé pour fauter fur le tombeau.

M. G A U T I E R.

Non, je ne puis revenir de mon étonnement.

M. G O N I N *à M. Germain.*

Allez Monfieur , je vois bien que vous êtes un Molinifte.

M. G E R M A I N.

Franchement , Monfieur , me confeilleriez-vous d'être Janfenifte , quand je vois votre parti fe défendre par de fi indignes voyes ?

M. G O N I N.

Eh bien fçachez que je me mocque de

tout ce que vous pourrez dire, & que
je vous conseille pour votre honneur de
ne point vous vanter de cette avanture.

M. GERMAIN.

Pourquoi donc s'il vous plaît.

M. GONIN.

C'est que je vous en donnerai hardi-
ment le démenti, & que je serai crû de
tout le public. Laissez faire nos écrivains
& la Gazette Ecclesiastique. * Adieu.

M. GERMAIN.

Votre serviteur. (*à Pitre.*) Et toi
miserable, sors d'ici & ne reparois jamais
devant moi.

SCENE VI.

M. GAUTIER, M. GERMAIN,
VALERE, MATHURIN.

MATHURIN.

MA foi Monsieur, voici bien d'autres histoires. Tenez, je vous ap-

K 2

* *Elle vient d'en donner un exemple tout recent
dans le 10 de Janvier 1732, où elle a l'insolence de
donner à un Magistrat respectable le dementi sur des
faits dont tout Paris connoit la verité.*

porté le procès verbal de je ne fçais combien de Medecins qui ont été vifiter à
la Baftille les fauteurs de S. Paris ; &
puis voici une Ordonnance du Roi qui
envoye tous ces biaux miracles au piau-
tre. On crie dans les rües un Mandement
de M. l'Archevêque ; on dit que le grand
fauteur eft à S. Lazare (*a*), & que le
le Treforier (*b*) du Cimetiere s'eft en-
fui. Enfin tant y a que la boutique aux
miracles eft fermée, & que le pauvre S.
Paris fait banqueroute à tous ceux qui
lui faifoient des neuvaines.

M. GERMAIN.

Dieu foit loüé ! voilà le Royaume pur-
gé d'un grand fcandale. Donnez-moi toutes ces pieces-là. Ce fera pour la pofterité un monument bien authentique de la
badauderie du peuple de Paris , & de la
mauvaife foi de la Cabale Janfenifte.

M. GAUTIER.

Je fuis confondu , je l'avoüe. J'ai peine à en croire mes yeux ; je le vois pourtant , & je n'en puis douter. O Ciel ! fe

(a) *L'Abbé Befcherant vient d'être arrêté par or-*
dre du Roi : mais on ne fçait pas encore où il eft enfer-
mé. Il eft vraifemblable que c'eft à S. Lazare ou à Bif-
fetre. Sa famille qui eft compofée de très-honnêtes gens
le demandoient depuis long-tems.

(b) *Monnery.*

peut-il qu'il y ait au monde de pareils imposteurs !

M. GERMAIN.

Vous le voyez, Monsieur. Voilà les
miracles qui devoient décider entre nous
deux.

VALERE.

Mon Pere, ne vous rendez vous point
enfin à des preuves si sensibles ?

M. GAUTIER.

Ah ! que j'ai l'esprit agité ! qu'exigez-
vous de moi, Monsieur ; & comment
voulez-vous que je me détermine à me
faire Moliniste ?

M. GERMAIN.

Moliniste ! eh qui est-ce qui vous prie
de l'être ? gardez-vous en bien. Il faut
pour être Moliniste être plus sçavant que
vous n'êtes, & qu'il ne vous convient
de l'être en pareille matiere. Sçavez-vous
seulement ce que c'est qu'être Moliniste ?

M. GAUTIER.

Mais..... tous ceux qui sont ennemis
des Jansenistes, ne sont-ils pas Molinistes ?

M. GERMAIN.

Point du tout. C'est dans les uns par
une ignorance grossiere, & dans les autres par une maligne politique que les

Janseniftes donnent le nom de Moliniftes à tous leurs adverfaires ; mais le *Molinif-me* en foi n'eft qu'une façon particulie-re d'expliquer le dogme de la grace, & un fiftême Theologique qu'on peut croi-re ou ne pas croire fans ceffer d'être Ga-tholique. Il ne s'agit donc pas pour vous d'être Molinifte : il faut être Catholique, & comme tel, détefter en general tou-tes les erreurs Janfeniftes & Quefnelliftes que l'Eglife a condamnées.

M. GAUTIER.

Eh bien je vous promets que fi je ren-contre encore en mon chemin des Jan-feniftes comme ceux que je viens de demafquer je leur dirai de belles injures.

M. GERMAIN.

Bon ! autre erreur. Eh fi Monfieur, laiffez à ces gens là la liberté fcandaleu-fe qu'ils fe donnent d'accabler leurs ad-verfaires des injures les plus groffieres, je ne dis pas fans charité, mais fans mena-gement & fans pudeur. Voyez tous leurs écrits, lifez leur Gazette, écoutez leurs chanfons, leurs Epigrames, leurs vers, leurs poëmes infames. En peut-on foû-tenir la lecture fans rougir ? Peut-on en-

tendre fans rire le conte ridicule qu'ils
viennent de répandre dans toute l'Europe d'un Jefuite * qu'ils font mourir ap-
pellant & faifant des miracles, tandis que
tout Paris voit ce Jefuite plein de vie &
auffi zélé Conftitutionnaire qu'aucun de
fes Confreres ? comment ne s'apperçoi-
vent-ils pas que cette licence effrenée
qu'ils fe donnent d'entaffer fauffetés fur
fauffetés , eft le caractere fpecifique de
l'erreur !

VALERE.

Avoüez , mon Pere , que Monfieur
vous donne des confeils bien differens de
ceux que je vous ai vû donner par vos
Docteurs. Decriez les Moliniftes , vous
difoient-ils fans ceffe. Diffimulez tout le
bien que vous en fçavez , & publiez-en
tout le mal que vous pourrez , vrai ou
faux , fur un bruit populaire , fur la moindre conjecture & fans preuves. Faites
comme la Gazette Ecclefiaftique : c'eft un
modele de zele & de charité. Mais cela
caufe du fcandale dans l'Eglife , & tour-
ne au defavantage de la pieté ; n'importe pourvû que nous affoibliffions nos ennemis. Mais la calomnie peut-être dé-

K 4

* *Le Pere Chamillart.*

couverte ; n'importe la playe eſt faite ;
elle ne ſe referme pas aiſément. Si elle
n'eſt pas cruë dans un lieu, elle le ſera
dans un autre. Mais tels & tels ſont d'honnêtes gens : c'eſt à cauſe de cela même ;
plus ils ont de merite & de vertu , plus
ils peuvent nous nuire , & par conſé-
quent plus il faut les décrier. Mais enfin
ce ſont des Evêques, des Puiſſances reſpectables : mauvaiſe raiſon ; ce ſont nos
ennemis ; il faut les rendre odieux & ridicules. Il faut au contraire exalter nos
Partiſans , & malgré la médiocrité de
leurs talens & de leur vertu ; malgré
leurs vices même connus , il faut en faire des Docteurs de l'Egliſe, & des Saints.

M. GAUTIER.

Il eſt vrai que voilà l'eſprit de ces Meſſieurs ; mais vous , Monſieur , vous me
charmez par la moderation de vos con-
ſeils.

M. GERMAIN.

Qu'eſt-ce donc qui vous arrête encore ?

M. GAUTIER.

Eh que dira-t'on de moi ſi on me voit
changer de parti ? Je n'oſerai plus paroître dans la plûpart des compagnies.

M. GERMAIN.

Juſtement voilà encore un des caracteres les plus marquez du parti de l'erreur. Qu'on ſoit Proteſtant, Deiſte, Socinien, Athée, on n'eſt pas moins bien venu dans toutes les compagnies Janſeniſtes. On n'y fait pas ſeulement d'attention ; mais qu'on ſoit Conſtitutionnaire, on devient un monſtre dans la ſocieté, on eſt un homme ridicule. C'eſt préciſément ce qui ſe paſſe en Angleterre & en Hollande par rapport aux Catholiques. On y fait grace à toutes les ſectes, mais on n'y peut ſouffrir les Catholiques : comme dans une compagnie de boſſus on ſouffre volontiers un manchot & un boiteux ; mais on regarde de mauvais œil un homme bien fait. Au reſte vous avez beau dire je vois bien que vous vous convertirez, & j'en ſuis ſi perſuadé que je veux executer ſans délai le deſſein qui m'a amené en France. Faites venir ma niece ; ou plûtôt Valere, allez vous-même la chercher.

VALERE.

J'y cours.

M. GERMAIN.

Plût à Dieu que je puiſſe retrouve mon fils pour l'unir en même tems votre fille. Rien ne manqueroit plus à mes desirs.

❋*.❋.*❋.*❋.*❋.*❋.*❋.*❋..*❋

SCENE VII.

M. GAUTIER, M. GERMAIN LEANDRE, MATHURIN.

LEANDRE *à Monsieur Gautier.*

JE viens, Monsieur, avec un extrême empressement vous conjurer de suspendre l'execution de la parole que vous avez donnée à mon rival. Enfin après avoir couru toute la Ville, j'ai appris que mon Pere étoit à Paris, & qu'un Monsieur Kinsman arrivé depuis peu de Londres m'en donneroit sûrement des nouvelles. J'ose esperer, Monsieur, que l'obstacle qui s'opposoit à mon bonheur étant levé, vous voudrez bien vous souvenir...

M. GAUTIER.

Voilà ce M. Kinsman que vous cherchez.

LEANDRE.

Ah ! Monsieur, que je suis heureux de vous rencontrer ! ..... Ciel ! Que vois-je ?

M. GERMAIN *à part.*

Je me fens tout ému.

LEANDRE.

Eft-ce vous ?

M. GERMAIN *à part.*

C'eft lui-même.

LEANDRE.

Mon Pere !

M. GERMAIN.

Mon fils ! *il s'embraffent.*

LEANDRE.

Dieu ! quel tranfport ! je ne puis parler... je fuccombe.

M. GERMAIN.

Eh vîte , au fecours ! parbleu je ne fçaurois vous foûtenir tous deux. Mathurin, aides moi donc.

SCENE DERNIERE.

M. GAUTIER , M. GERMAIN, VALERE, LUCILE, LEANDRE, ISABELLE, MATHURIN.

VALERE.

QUe vois-je ? M. Germain & Leandre qui fe tiennent embraffés ! je ne
fçais qu'en penfer.

ISABELLE.

Qu'eft-ce donc, mon cher Oncle ,
quel fpectacle eft celui-ci ?

LUCILE.

Leandre , c'eft vous ?

LEANDRE.

Oüi belle Lucile , & voilà mon Pere.

VALERE.

O jour heureux !

LEANDRE *fe jettant aux pieds de Monfieur Germain.*

Pardonnez-moi, mon Pere , l'abfen-
ce involontaire qui m'a feparé de vous.
Vous le fçavez : devenu Catholique, je

n'ai pas ofé me prefenter à vos yeux.

M. GERMAIN.

Helas, mon fils! ce parce que tu es Catholique que je te revois avec plus de plaifir. Je le fuis devenu moi-même.

LEANDRE.

Ciel! que m'apprenez-vous? je fens redoubler ma joie.

M. GAUTIER.

Il faut avoüer que voilà dans un jour des évenemens bien extraordinaires.

M. GERMAIN à *M. Gautier.*

C'eſt à vous, Monfieur, à rendre ce jour heureux en rempliffant la condition que j'ai exigée de vous. Vous êtes convaincu : vous êtes même perfuadé : à quoi tient-il encore?

M. GAUTIER.

Je me rends : c'en eſt fait. Je renonce avec horreur à une fecte qui n'eſt appuyée que fur le menfonge & l'impofture ; & je vais vous donner une preuve de ma fincerité. Mathurin, vas prendre chez moi cette petite bibliotheque Ianfenifte que tu connois, ces eſtampes, ces portraits & tout le reſte ; & jette tout cela hors de ma maifon.

MATHURIN.

Oüi-dà ; & ce grand S. Paris itou?

M. GAUTIER.

Oüi.

MATHURIN.

J'en fuis pardi bien-aife. Velà le pauvre Saint déniché & c'eft bien fait, puifqu'il ne guerit de rien. Mais cet écriteau, Monfieur, & cette perruque ?

M. GAUTIER.

Jettez-les au feu.

MATHURIN.

C'eft confcience, Monfieur, çà vous a coûté fi cher. Il vaudroit bien mieux les redonner pour ravoir votre reliquaire & le portrait.

M. GAUTIER.

Oüi, mais ils ne le voudront pas. Je les racheterai.

MATHURIN.

Oh bien bien, il ne vous en coûtera rien ; car il faut vous dire comme çà que quand j'ai vû que cette perruque coûtoit fi cher, je n'ai été ni fou ni bête. Je vous ai pardi acheté une belle & bonne tignaffe qui ne m'a coûté que 10. fols, & j'ai gardé le reliquaire & le portrait.

M. GERMAIN.

Mathurin a de l'efprit. Il faut lui payer ce bon fervice.

VALERE.

Et moi, mon Pere ; exigerez vous encore que je me faſſe Avocat ?

M. GAUTIER.

Non, je fais Monſieur Germain arbitre de ton ſort.

M. GERMAIN.

Je m'en charge avec plaiſir. Rentrons, Monſieur, pour nous réunir enſemble par le mariage de nos enfans, & ne faire plus qu'une même famille. Ma niece & moi nous ſommes aſſez riches pour vous dédommager de la perte de votre procès.

MATHURIN.

Adieu la foire des miracles. Tous les marchands ont fait banqueroute.

Fin du cinquiéme & dernier Acte.

www.ingramcontent.com/pod-product-compliance
Lightning Source LLC
Chambersburg PA
CBHW070909030726
47504CB00005B/1510